はるがいったら

飛鳥井千砂

集英社文庫

目次

はるがいったら

姉《きょう》弟《だい》

改札を抜けた途端に、大きなクシャミが二回出て、俺《おれ》は思わず「ちくしょう」と呟《つぶや》いてしまった。オヤジ臭かったかも。

　春は面倒くさい。別れの季節だとか出会いの季節だとか新生活だとか。そんなことより花粉症だ。

適当な柱にもたれかかって、鼻をすりながら、待ち合わせ相手の姉を待った。すれ違ったスーツの男の人が、大きな立体的なマスクをしていて一瞬面喰《めんくら》う。今年流行《はや》っているあのマスクは、かなり高性能で「花粉を完全ブロック」らしいが、やっぱりあれを着けて歩くにはかなりの勇気がいる。俺にはその勇気はない。

ホームからの階段を降りて来る人の中に、姉の園《その》がいないか目を凝らした。

俺の姉は、少し変わり者かもしれない。前々からそう思ってはいた。思ってはいたのだけれど。

こちらに向かって歩いて来る、背の高い着物姿の女の人に目が行った。俺とは全然違う文化で生きている人がいるものだ、と思っていたら、それが園だとわかった時には、やっぱりかなり驚いた。

なんとなく、俺は柱の裏側に隠れてしまった。

「ゆ、き」

声をかけられた。

「ごめん。ちょっと遅くなった」

そんな二、三分の遅刻よりお姉さん。

「……何で着物？」

聞いてみると、

「買ったから」

とニコリともせずに園は言う。

「……着物って高いんじゃないの？」

そう聞いてみると、

「これは訪問着の古着だから、むしろ安いよ」

と今度は言う。訪問着の意味はよくわからなかったが、成人式の振袖《ふりそで》というヤツよりは、色や質感に高級感がないような気はする。紺地に、赤や黄色の明るい色の小さな水玉がついていて、洋服にでもありそうな柄だ。色の白い園にはよく似合っている。

「あのさ、俺全然普段着なんだけど。ミュージカルってちゃんとした格好しなきゃいけなかった？」

「ううん。歌舞伎《かぶき》やオペラとは違うから。全然普通で大丈夫。私はただ単に着たかっただけ。でも行《ゆき》、若いのに地味すぎだよ。もうちょっとさあ……」

園は俺の姿を、上から下までじろっと見る。

「ああ、でもここのステッチとコンバースの色揃《そろ》えてあるんだ。もうちょっと派手でもいい気もするけど。まあいいかな」

ポン、と俺の肩を叩《たた》いた。俺はベージュのカットソーにブラックジーンズ。カーキ色のコンバースのハイカットを履いていた。カットソーの襟《えり》ぐりと袖口にあるステッチが、コンバースと同じカーキ色だったらしい。らしい、と言うのは、わざわざ揃えたわけではなく、偶然同じ色だっただけなのだ。でも園に誉《ほ》められたから、適当に相《あい》槌《づち》を打って、わざわざ揃えたことにしておいた。

「昼ご飯、軽く食べてから行こう」

歩き出した園の後ろを、俺は付いて行く。駅を出たところで、また大きなクシャミが出た。

今日は、園の靴、というか草履《ぞうり》が高くないから助かった。

百六十七センチという、女にしてはかなりの長身の園は、着道楽だから、というより、その高い背と長い手足を持っているから、着道楽になったのか、背が高いことをちっともマイナスには思っていなくて、ヒールの高い靴を履いて、もっと長身に見せることもしょっちゅうだ。

血が繋《つな》がっているのに、俺は園より三センチ大きいだけで、別に長身ではない。だから園がヒールを履くと、簡単に俺は抜かれてしまう。並んで歩く時、園には言わないが、やっぱりちょっとそれは癪《しゃく》だった。

かの有名な、猫達が歌ったり踊ったりするミュージカルのチケットを職場の人からもらったので、「行、付き合って」と、園から電話がかかってきたのは、高校三年生に進級したばかりの二週間ほど前だった。特に興味があったわけでもないが、何の予定もなかったので、即ＯＫをした。

両親が離婚したのは九年前。母親と一緒に出て行った四つ年上の姉の園とは、母親と三人で、ちょくちょく離婚後も食事などしていた。園が短大を卒業して、就職して独り暮らしを始めてからは、二人で食事に行ったり、買い物に行ったり、園のアパートに泊めてもらったりもしている。離れて暮らしていたのでかえって仲良くなったのか、一緒に暮らしていても仲のよい姉弟《きょうだい》だったのかはわからないが、とにかく俺達は、多分仲のよい姉弟だった。

園が「ここどう？」と言ったカフェは、少しアジアンテイストだとかエスニック調とかの感じで、今から俺達の行くミュージカルのチケットを持っていると、ドリンクが百円引きと書いてあった。「いいんじゃない？」そう言って、入ってみた。わざと薄暗くしてあるのだろう店内の、奥の方の席に着いた。あちこちに、バリとかインドネシアとか、よくわからないがその辺りの物なんじゃないかと思われる猫や象の雑貨が置いてある。向かいあって座っている着物の園が、その猫や象達を従えているように見える。着物とアジアン雑貨が妙にマッチしていて、なかなか面白い光景だ。

俺はインディアンカレーとオレンジジュース。園はトマトカレーと、食後にカプチーノを頼んだ。園は昔からカプチーノだ。

「着物着るのって大変じゃないの？　自分で着たの？」

「お母さんに習ったの。二、三回練習したら自分で着れるようになったよ。私痩《や》せてるから、腰と胸にタオルいっぱい詰めなきゃいけなくて大変だったけど」

カレーとオレンジジュースが運ばれて来た。

「痩せすぎなんだよ、姉ちゃんは」

カレーを一口食べる。思ったよりも辛くてびっくりした。

「これぐらいが一番、どんな服も似合うの。それに私は鍛えてるから筋肉はあるし」

園はトマトカレーをハフハフしながら言った。俺はカレーが辛くて水をグビッと飲む。

「鍛えてるったって、ストレッチぐらいでしょ？　毎晩腹筋百回はすごいけど。でも着物まで買っちゃうなんて、着道楽って姉ちゃんのためにある言葉だな」

「……着道楽って。高校生が使う言葉かなあ。ホントあんたって老人少年だよね」

「……何だよ。老人少年って」

「若いのに落ち着きすぎなのよ、行は」

着道楽という言葉を使ったのと、落ち着いてるのは別の問題だろ、と思ったけど言わなかった。

「私は服はいっぱい買ってるけどね。ブランド物は少ししかないから、大してお金はかかってないの。そういうのは、着道楽って言わないんじゃない？」

他のテーブルの客や、店員達もちらちらと園を見ている。この間、親と一緒に歌舞伎を見に行ったというクラスメイトのなっちゃんが言っていたことを思い出す。

「銀座のママみたいな着物着た女の人と、スーツ着たお爺様《じいさま》のツーショットの客とかいたの。それってさ、そうゆうことだよね？　ねっ、ねっ」

となっちゃんははしゃいでいたが、じゃあ俺と園の今のツーショットはどういうことなんだろうか。

着物でも、童顔の園は絶対銀座のママどころかホステスにも見えないし、俺はどっからどう見ても、高校生らしい安っぽいカジュアルな格好をしたガキだ。俺と園は目以外はそっくりだと言われるから、やっぱりオシャレ大好きで今日はちょっと着物を着ちゃいましたって姉と、着道楽の変わり者の姉に付き合わされてる高校生の弟ですって、そのまんまなんだろうか。

園がカプチーノを飲み終わるのを待って、店を出た。会計は、「チケットただでもらったから」と俺が出そうとしたが、「私もただでもらったから」と園が言うので、社会人の年長者に俺は素直におごってもらった。

ミュージカルは、まあ何と言うか、普通に楽しめた。チケットがいくらぐらいなのかはわからないが、機会があったら別の演目も見てみたいな、と思った。プロだから当たり前だと言えばそうなのだろうが、歌も踊りも上手《うま》い人達の演技を見るのは爽快《そうかい》だった。

劇場から駅までの道で、本日二軒目のカフェに入った。さっきとは打って変わって、赤毛のアンの世界といった感じの、少女趣味の店だった。俺はミルクティー、園は本日二杯目のカプチーノを頼んだ。

「あんなピッタリしたレオタードみたいなの着てたらさ、ムダ肉とかあったら絶対わかるよね。みんな細いのにジャンプ力とかすごいし。すごい鍛えてるんだろうねえ。いいなあ」

園は舞台の中身よりも、俳優達の肉体に感動していた。

園にオシャレをすること以外に趣味があるとすれば、俺流に言うと、それは自分を追い詰めること。毎日欠かさずストレッチだとか、一日何カロリーまでしか摂らないだとか、朝は何時に起きて夜は何時に寝るかを必ず守るだとか。本人にしたらきちんと毎日を生きているんだ、と怒られるのかもしれないが、俺みたいな、毎日適当に、その場その場でのらりくらり生活している者にしたら、園のそういう行動は、あまりに完璧《かんぺき》すぎてひいてしまうことも多々ある。

多分園は、自分の決めた行動の内容が大事だから守るというよりも、何かを決めて、それをしっかり守るために頑張るという、行為そのものが大事なのだ。

普段愛想のよい方では決してないのに、銀座のデパートで受付カウンター嬢などという、愛想がよくてなんぼの仕事をしているので、日々ストレスが溜《た》まったり疲れたりするだろうと思うのだが、その細すぎる体を休日にも休ませてやらない。遊びに行くなら気を抜かずにオシャレして、家にいるなら、掃除だ何だと自分を追い詰める。でもそれが多分心地いいのだろう。頑張るのが好き？　ちょっとマゾ入ってる？　だから、鍛えるだとかそういった言葉が好きだ。

「猫がぼーっとしてる時は、自分にふさわしい名前を考えてるんだ、って。あそこのフレーズよかったね」

カプチーノの泡をスプーンですくいながら、園がやっと舞台の内容について語る。

「猫ってさ、確かに犬と違って、哲学的なこと考えてる気がしない？」

「そうかもね。犬はぼーっとしてる時、舌出してハッハッ言ってるだけのイメージだもんね」

「行、自分にふさわしい名前考えるとしたら何？」

うーん。聞かれて俺は頭を捻《ひね》った。「行」と書いて、「ユキ」と読む俺の名前。子供の頃は発音が女の子の名前だから嫌いだった。でも最近は気に入っている。中学生の時に、好きだった女の子に、「行くっていう字だから、前向きでいい名前」と言われてから嬉《うれ》しくて、この名前も悪くない、と思うようになった。ただ、自分にその「前向きな名前」がふさわしいか、と言われると自信がない。

「私とあんたの名前もさあ、今は変わった名前の子供多いから珍しくもないけど、私達世代にはまだ珍しかったよね。私、結構嫌だった。女の子で、子とか美がつかない名前、クラスで一人か二人しかいなかったもん」

姉は「園」と書いて、「ソノ」という。

「ありきたりじゃない名前つけようとしたんじゃないの？　あの二人の考えそうなことじゃん」

あの二人とは、もちろん俺と園の、父親と母親のこと。母親が父親より三歳年上の銀行員で、父親が家の一階で中華料理屋をやっているという、ちょっと変わったタイプの夫婦、変わったタイプの家庭だった。

「それで子供に変わった名前つけて満足して、自分達が離婚してたら世話ないわね」

園がブラックユーモア？　を言う。俺は笑わなかった。

＊

待ち合わせた駅で行と別れようとしたが、途中まで同じ線だと気付いて、二人で電車に乗り込んだ。

車内は大して混んでいなかったけれど、行は私が着物で動きにくいと思ったのか、扉付近で、私を自分の体でかばうように立ってくれた。

「ありがとう」と軽く言うと、「何が？」ときょとんとして言う。無意識だったのだろうか。無意識でそういうことができるのなら、なかなかだ。もしかしたら彼女でもいるのかもしれない。

「ぎゃははは っ！」

車内に、笑い声に似た奇声が響いた。

私と行の後ろの方に立っていた、男の子三人組だ。一人のケータイを覗《のぞ》き込んで盛り上がっている。三人とも、ダボダボのジーンズをずり下げていて、一人は英字のロゴの入った黄色いキャップを斜めに浅く被《かぶ》っている。年は行と同じぐらい。

つい行と見比べる。身内びいきはみっともないが、私の弟は品がよい。さっきは地味すぎると思った服装だが、ああやって派手で似合わないよりはずっといい。大体十代の男の子なんて、まだ体が男になっていないのだから、ワイルドな着こなしなんて似合わない。

「……似合う？」

彼らを見ていたら不安になって、聞いてみた。

「……着物？」

行が聞く。

「うん」

「……色、白いから紺色は似合うんじゃない？　まあ着物も似合うかな。着る必然性はない気がするけど」

行はちょっと意地悪に笑った。

「着飾るのに必然性は必要ない。っていうか必然性だけ求めてたら、文化ってものは生まれないのだよ、君」

「……何でそんな大げさな話に……」

私の言葉に、行は今度は呆《あき》れ顔をした。

「ハルはどう？　元気？」

話題を変えてみた。ハルとは、まだ両親が離婚する前、行と一緒に住んでいた時に、二人で公園で拾って来た犬のことだ。行が五歳、私が小学校三年生の時だったので、もう十四歳の老犬だ。柴犬《しばいぬ》に似た日本犬の雑種で、決して室内犬ではないのだけれど、一階が飲食店で二階が住まいで庭も無しという家の構造上、仕方なく部屋で飼っていた。私と行で、死ぬまでちゃんと面倒を見る、という約束で、両親から飼うのを許された。

子供の頃は、行と、隣の家の私より二つ年上の幼なじみ、恭司《きょうじ》と三人で、よく散歩に連れていったり遊んだりした。

私と母親が出て行って、新しい家族として真奈美と忍という母子がやってきてからは、行はハルを自分の部屋で飼ってくれているらしい。

私は行に会う度に、「ハル、元気？」と尋ねるのだけれど、十二歳になった頃から、ハルは階段を上り下りすることが難しくなり、外へ散歩に行くことができなくなり、ついに行の部屋だけで一日を過ごすという余生を送っているという。今では立ち上がることもほとんどできなくなり、介助犬ならぬ、すっかり被介護犬だということだ。

「犬というより、犬の形をした生きもの」と行は言う。

「もういつ死んでもおかしくないかな。覚悟し始めたところ」

「……ふうん。そっかぁ。死んじゃう前に一回くらい会って頭撫《な》でたいなあ。あんたに任せてばっかで悪かったねえ。私の子でもあるのに」

「一回ぐらい会いに来たらいいじゃん」

私は父親と仲が悪い。だから、行かないことをわかっているのに、行はいつも一応そう言ってみせる。

「うーん。そうだねえ。……あんたに介護休みあげようか？　しばらく私預かってもいいよ。私、仕事終わったら大体真《ま》っ直《す》ぐ家に帰るし。残業もないし」

「アパートじゃん。ペットだめだろ？」

「だって管理人がいつもいるわけじゃないし。近所付き合いもないから、最初に部屋に入れる時にバレなきゃ大丈夫。吠《ほ》えないし動き回らないんでしょ？　もう」

「じゃあ介護疲れでハルの首絞めそうになっちゃった時は頼むよ」

「……シャレになんない。面白くない」

今度は私が笑わなかった。

「……ごめん。でも人来た時困るじゃん。友達とか、……彼氏とかさ」

「美佐ぐらいしか遊びに来ないもん。あいつなら平気。彼氏もいないし」

いないのか、という顔を行はする。

「……まあ、何かあったらよろしく」

「うん。……さっきの名前の話だけどさあ。ハルの名前つける時も、悩んだよね」

「うん。あんまり覚えてないけど。俺五歳とかだし。でも、ハルってのは仮の名前で、後からもっといい名前つけてあげようと思ってたのに、結局ハルになったんだよね？なんとなく覚えてる」

「考えすぎて何がいいかわかんなくなっちゃったのよ。で、ハル。春に拾ったから。単純だよね」

その時、行の体がよろけて私に当たった。

「あー、どうもすんませんっ」

あの三人組のうちの一人が、私と行に向かって言う。キャップの子だ。意味のない半笑いを浮かべている。仲間にふざけて小突かれて、行にぶつかったらしい。

「いえ」

私の腕を引っ張って、自分も体勢を整えながら、行が言った。

「お前が押すからだろっ。俺が着物のお姉さんに怒られちゃったじゃん。お姉さんかわいい顔して怖っえーの。ケッて顔された」

彼が転びかけたことで笑い転げている仲間の所に戻って、わざと私や行に聞こえるように、キャップが言う。

その言葉に仲間二人がまた笑い転げ、「ってゆーかお姉さんにはぶつかってないしい」と、また聞こえる声で言って笑う。

車内の他の乗客たちが、責めと呆れが混じった顔で、彼らを睨《にら》んでくれていた。

「まま、気にしないの。他人は他人。すぐ降りるんだし」

行は私の背中をポンポン、と叩きながら小声で言う。あとからゴチャゴチャ言われたことよりも、一瞬だけ嫌な顔をしてしまったのを、あんなヘラヘラした子に悟られたのが悔しかった。接客業失格だ。

窓ガラスに、私と行の姿が映っている。姉弟《きょうだい》だとすぐにわかるかもしれない。鼻と口はそっくりだ。しかし決定的な違いが一つ。猫みたいに、つり上がっている私の目。ちょっと意地悪そうである。

自分の顔には責任を持たなければいけない、とはよく言ったものだ。

それにしても。三人組はまだ騒いでいる。半ばわざとなのだろう。

公共の場所で、わざと騒いで注目を浴び、きちんと人に謝ることもできない非常識を見せ付けて、それを「個性」だとか「自由」だとかと、はきちがえている。

ご愁傷様。私のこのキツそうな目の「個性」も、君達の半笑いの「個性」よりは随分ました。

そんなふうに彼らを蔑《さげす》むことで、私は苛立《いらだ》っていた気持ちを少しずつ抑えた。

それにしても、行。何でそんな涼しい顔をしている？　こいつはいつもそうだ。熱くならない、怒らない、泣かない。

子供の頃から体が弱くて、入退院を繰り返したり。そのことで留年をしたり。両親が離婚をしたり。新しい母親や兄ができたり。

けっこうハードな人生を、私の弟は送っていると思うのだけれど。

私の顔とは、決定的な違いが一つ。細いけれど、馬の目のように優しげな行の目。

自分の顔には責任を持たなければいけない、とは、本当によく言ったものだ。

＊

朝起きて、俺が最初にすることは、平日でも土日でも関係ない。ハルに水をやることだ。ベッドから這《は》い出た俺は、ハル用の水の容器を持って、一階のキッチンで水を汲《く》む。このあたりでだんだん目が覚めて、視界がはっきりしてくる。部屋に戻って、ハルを起こし、自分は正座をして、ハルの上体を自分の膝《ひざ》の上に抱きかかえ、水をやる。この時、情けないが俺はパジャマの上だけ着ていて、下はパンツ一丁の状態だ。

そうしないとズボンが濡《ぬ》れてしまうのだ。

水をやり終えた後は、さっき寝ていた体勢とは違う姿勢で寝かせてやる。ハルは上体を起こすのがやっとで、寝返りを打ったり、立ち上がったりということがもうできない。放っておくと、ずっと同じ姿勢で寝ているので床擦れができてしまうのだ。

それが終わると、そこからは自分の時間。着替えて、ハルに「行って来ます」と言い頭を撫でる。この時ハルが、微《かす》かに鼻を「フンッ」と鳴らしてくれるので、俺とハルは、飼い主とペットではなくて、介護側と被介護側ではなくて、二匹の生きものとしてこの部屋で共存している。

そう思わないと、普通の高校生男子は、寝たきりの老犬の介護なんてできないだろう。排泄物《はいせつぶつ》の世話だってあるのだ。俺の部屋の床は、尿の吸収シートが敷き詰められている。週に一度は、脱臭剤を買いに薬局に行く。世界広しと言っても、こんな高校生俺ぐらいじゃないか？

「おはよう」

階段を降りて、居間に行った。今日は日曜日だ。父親はもう店の厨房《ちゅうぼう》で仕込みに入っている。真奈美は昨日の夕食の食器を洗っている。忍はコーヒーとパンで朝食をとりつつ、テレビのチャンネルをパチパチ替えている。

これが今の俺の家族だった。日曜日の食事は、夕食以外は自己責任だ。俺は炊飯器から、昨日の残りのご飯をよそって、お茶漬けの素をぶっかけて、ポットからお湯を注いだ。

「おっ、うまそう」

そう言って忍が、パンだけじゃ足りなかったのか、お茶漬けの素に手を伸ばす。

「何お前、日曜なのにどっか行くの？」

ご飯をよそいながら俺に聞く。パンの後、お茶漬け。何にでもこだわる園には絶対できない食べ合わせだ。

「今週から日曜も学校で補習」

お茶漬けをかっ込みながら答えた。舌が熱い。

「何？　成績悪くて？」

「違う。受験用の特別授業」

「だよな。行が赤点とか取るわけねえか。でも人生で一回ぐらい取っといた方がいいぞ。赤点」

忍は箸《はし》で俺を指す。実の母親がいたら、忍の手をピシャッと叩いただろう。

「そっかあ。でも俺努力しないと取れそうにないな、赤点は」

「うわっ、やなヤツー。知ってたけど」

忍は高校を中退した後、カー用品店に勤めている。今日も作業着だ。

「行、何？　学校行くの？」

真奈美がエプロンで手を拭《ふ》きながら俺に言う。

「ん。午前中だけだけど」

「私服でいいの？　ねえねえ、帰りにシャンプー買って来てくれない？」

「ん。そういや切れてたね」

食べ終わったお茶漬けのお茶碗《ちゃわん》と箸を、流しに下げた。「洗い物増やして申し訳ないっす」と真奈美に言って、俺は家を出た。

外に出ると、鼻がムズムズした。早く春が終わるといい。クシャミをこらえた直後、ゾクッと悪寒が走った。花粉じゃなくてカゼだろうか？

補習だといっても、日曜日に私服で学校に来ているからなのか、何となく校内には妙な雰囲気が漂っている。一年の時同じクラスだった、背が高くて、イケていて、やさしくて、面白くて、女の子にモテて、そしてそのことを自分で気付きまくっている岩下に下駄箱で会った。

「おお、佐々《さっさ》。おはよう」

俺に声をかけてくれる岩下。決して嫌なヤツではないんだけれど、何でそんなホストみたいな黒ずくめのキメキメの格好で補習に来るんだろう？　と、タンスを開けて、最初に触った黒とグレーのボーダーシャツを着ている俺は思う。

「おはよう」

そう返す俺に、岩下はさわやかに片手を挙げて、笑顔を返す。男の俺相手でも、カッコよさをアピールするのに気を抜かない。すごいヤツだ。

教室に入ると、なっちゃんが、「ゆーきちゃん」と声をかけてくれた。ブルーのチェックのブラウスに、デニムの台形スカートをはいているだけのなっちゃんを見たら安心した。

なっちゃんは、化粧もしていない、髪も染めていない、自然体の女子高生だ。でも、元々キレイな顔をしているので、ダサくはない。化粧バッチリで派手でもなければ、女を捨てていて地味でもなく、進学校のうちの学校では珍しく、中間地点にいる女の子だ。だけどその妙なキャラクターから、美人なのに女としては男にモテない。しかし友達としては、最高に面白いヤツだった。

なっちゃんは中学も俺と一緒で、俺は高一を二回やっているので、中学時代俺の一年後輩だった。フルネームは、折笠夏美《おりかさなつみ》という。

中三の時に、俺はクラスのくじ引きで決まった保健委員の最初の会議で、やっぱりくじ引きで委員長に選ばれてしまった。正直面倒だったが、決まってしまったものは仕方がない。思わず舌打ちしかけた俺の隣で、副委員長のくじを当ててしまった女の子が、「へっ？　私？」と間の抜けた声を上げた。それがなっちゃんだった。

以来、なっちゃんとは当然話す機会が増えた。

ある時、委員会の報告書を二人で教室で作成していた。俺は「折笠さん」と呼びかけようとして、噛《か》んでしまって、「オリカサささん」になった。なっちゃんは一瞬きょとんとした後、「何ですか？」と言いながら、お腹《なか》を抱えて大笑いをしだした。あまりに長い間笑うので、俺はちょっとむっとして、「最後がさ、だから、折笠さんって言いづらいんだよ」と言い訳をした。すると笑っていたなっちゃんは急にこちらに向きなおって、「佐々さんに言われたくないです」と言おうとしたのを、なっちゃんも噛んでしまって、「サッササささんに言われたくないです」になってしまった。そして二人でお腹を抱えて大笑いをした。

それ以来、なっちゃんとは、先輩後輩もなく、男も女もなく、本当に友達として仲良くなった。二人とも苗字《みょうじ》は呼びにくいから、といって呼び捨てにするのもカップルみたいなので、「なっちゃん」「行ちゃん」とふざけて言い合っているうちに、それが定着してしまった。今となっては女の子をちゃん付けで呼んでいるという感覚はあまりなく、なっちゃんは俺の中で「なっちゃん」でしかなく、「なっちゃん」だからなっちゃん、で、それはごく普通のことだった。

当然俺はなっちゃんより一年先に中学を卒業したのだけれど、高校で二回目の一年生をした時に、同じクラスになったなっちゃんと再会を果たした。なっちゃんは驚いた顔をしていたが、俺は一人でも知ってるヤツがいて、しかもそれが仲のよかったなっちゃんだったから、本当に嬉しかった。俺にしてはめずらしく、最初に見つけた時教室で、「おおお！　なっちゃんじゃん！」と大声をあげて注目を集めてしまったほどだ。

なっちゃんはかなりマイペースな性格で、女の子にしては群れたがらない。園もそういうタイプだが、しかし、園のそれとはまた違って、冷めているわけではなく、友達から誘われても、「今日はちょっと用事がある」とか適当に言えばよいところを、「今日は一人でいたい気分だから」と本当のことを言ってしまう妙な子なのだ。だからなっちゃんのことは苦手という人も結構いて、俺もなっちゃんとは真逆の性格で、常に自分の意思を通すよりも、一番スムーズに行く方法を見極めているような平和主義者なので、協調性のないマイペースな人を嫌ってもよさそうなものだが、何というか、あまりに悪びれずになっちゃんはマイペースなので、腹が立つというよりは、拍子抜けしたり呆れてしまったりの言動が多く、むしろ俺はおもしろがっていた。

また、なっちゃんは、自分で言うには、「何に対しても反応するアンテナを持っている」らしく、とにかく、今朝《けさ》のニュースから芸能情報から文学から音楽からスポーツから政治から、株や法律に至るまで、全てのことに興味を持っていて、その博識ぶりは、高校生だと思うとお見事と言うしかなかった。歯医者が検診の時に言う、「上右1番がC_1で2番から8番まで○」とか言っていることの解説をしてみせた後に、もう誰もあまり話題にしなくなった、「モーニング娘。の次の曲のセンターは最近入った誰々になるんじゃない？」なんて話で、クラスのおたくなヤツと盛り上がったりもする。要するに、ちょっと風変わりな子だ。

「行ちゃん、昨日ミュージカル行って来たんでしょ？　どうだった、どうだった？　初体験」

なっちゃんがニコニコ笑って聞く。

「うん。普通に面白かった」

「そんだけ？　何かもっとないのかね」

なっちゃんは口をとがらして、変な口調になる。

「……俺の姉ちゃん、着物着てきた」

「……へえ。じゃあ行ちゃんとお姉さんも、この間私が歌舞伎で見たようなカップルだったわけね」

「んなわけないじゃん」

「どっちかってっと、逆かな？　行ちゃんがお姉さんのヒモ？」

「こんな人よさそうな顔したヒモがいる？」

「あら、自分で人がいい、とか言っちゃったよ。行ちゃんってば」

「お、行。姉ちゃんとデートしたの？　いいなあ。なあ、もう今は家族じゃないんだろ？　変な気起こしちゃったりしないわけ？」

隣から野口が口を挟む。去年、全国模試の会場が東京になった時、終わる頃園が迎えに来てくれて、二人で食事に行った。その時にクラスメイトに園を見られて以来、「佐々の姉ちゃんは、モデルみたいだ」と、男子には変なふうにからかわれ、女子には羨《うらや》ましがられるようになってしまった。

確かに、少し痩せすぎではあるが、背が高く、顔が小さい園は、ちょっと目立って、モデルのような見た目ではある。決して美人ではないけれど、俺と違って、猫みたいな目は印象的で、上手に化粧していれば、その童顔もかわいいのかもしれない。

よく言えば「人のいい」、悪く言えば「気の弱そう」な俺の顔も、園の目と似ていれば、少しは精悍《せいかん》に見えるかもしれないのに。鼻と口はそっくりなのに、俺達は目だけが似ていない。なかなか上手くはいかないものだ。

「品の無いこと言うヤツとは俺は喋《しゃべ》らねえ」

俺は野口に、大げさにふてくされてやった。

「やだやだ、怒んないで。行ちゃん」

野口はなっちゃんの口真似《くちまね》をする。

「似てないしー」

なっちゃんがふくれた。

授業を受けている間、また俺は悪寒を感じた。熱でも出て来たのかもしれない。面倒くさいな、と頭を軽く掻《か》いた。

帰り支度をしていたら、野口に声をかけられた。

「行、みんなでマック寄ってかねえ？　って言ってんだけど、お前も来る？」

野口の後ろには、平山となっちゃんと松永さんがいる。ちょっとだるかったから面倒だな、と思ったのだが、断らないこと前提で誘っている雰囲気だったので、断る方が面倒くさいから行くことにした。

「佐々君と寄り道するの私初めてー」

松永さんが嬉しそうに言ってくれる。岩下と同じだ。その白いシャツと、てろっとした生地の水色のストール。とっても大人っぽくてオシャレだけど、なんで補習にそんな格好して来るんですか？

昨日園が和服を着てきたのも、同じように何で？　って思うのだが、園の場合呆れはするが、そんなに嫌なカンジはしないのはどうしてだろう。身内だから？　他人より身内が大事って、俺ってそんなヤツだっけ？

前々から気になっていた、松永さんの、「すごーい」と「そうなんだー」がやたら多く、語尾が上がる、ちょっと疲れる口調と会話をしながら、俺は歩いた。

マックで会計をする時に、財布の残りを確認した。今日はシャンプーと脱臭剤を買って帰らなきゃいけない。真奈美にお金をもらえばいいが、一度家に戻るのは面倒だ。

「何々、財布の中身確認しちゃって。小さい男だなぁ」

平山がからかう。

「帰りに薬局よらなきゃいけないの」

と、ちょっと怒って俺は言う。

「ああ、ワンコの介護グッズ？　いつも偉いねえ」

と野口。

「え？　何々？　ワンコの介護？」

と松永さんのトーンの高い声。

「行ちゃんはね、家で寝たきりの犬の介護してるんだよ」

と、なっちゃん。

「そうなのー？　すごーい。偉いねー」

と、松永さんのさっきよりさらにトーンの高い声。

「いや、別に。飼ってた犬がそうなっただけだし」

と、歯切れ悪く俺。

わかった。岩下や松永さんと、園の違い。普段から黒で決めてる俺、水色のストールでオシャレな私。それを見てって言っている二人。他人へのアピール。車の中をぬいぐるみでいっぱいにして、全部のぬいぐるみが外を向いているのと同じだ。私、かわいいぬいぐるみで車を飾ってるの。

園はぬいぐるみに内側を向かせるだろう。私が飾りたいから、私の方に向ける。着物？　着たかったから着ただけ。って自己満足の世界。どっちがいいんだろう。どっちもどっちか。

朝から感じていた悪寒は、やっぱりカゼの始まりだったらしく、その次の日から四日間、高熱を出して俺は学校を休んだ。

＊

体内時計が珍しく狂った。目覚まし時計より先に起きてしまった。二度寝するほどの時間もなくて、仕方なくベッドから出た。

カーテンを開ける。いい天気だった。

アパートの駐車場に申し訳程度に植わっている木に、小鳥が飛んで来て止まった。都会にも、春はちゃんとやって来る。

朝食をとりながら外を見ていたら、向かいのマンションの一室から、新入生だろう、真新しい黒い制服を着た女の子が出て来た。心なしか、顔が緊張している。

確かに、あの頃春は嫌いだった。出会いとか別れとか、新しい生活とか。自分だけ取り残されている気がして不安だった。

早起きしたし、いつもより一つ向こうの駅まで歩いてみようか。天気もいいし。

クローゼットから、若草色のニットを取り出した。

私はもう、春の楽しみ方をちゃんと知っている。

ホームで電車を待っていると、

「水原《みずはら》さん」

後ろから声をかけられた。

職場の後輩。持ち場は違うが、私と同じ受付嬢の西野めぐみと、貴金属売り場の販売員の、下の名前は知らないが、松田さんの二人だ。

「水原さんもこの駅でしたっけ？」

松田さんが聞く。私ほどではないが、彼女は背が高い。小柄な西野めぐみが、私と彼女に囲まれて、子供みたいだ。

「違うんだけど、今日早く起きちゃって。一駅歩いて来たの」

電車が来て、三人で乗り込んだ。当たり前だけど今日も満員だ。扉付近をがんばって陣取る。しばらく耐えなければならない。

「朝早く起きちゃうなんてすごいですね。私は有り得ないなぁ。水原さんて家でもすごいきっちりしてそう。毎日お弁当も作ってるし、服もかわいいの着てるし。家もすごいキレイそうですよねえ」

満員電車で喋るのはあまり好きではないのだけれど、西野めぐみに話しかけられてしまった。仕方なく返す。

「高校の時からお弁当だったから、もう日課だね。めぐみちゃんも毎日お弁当じゃない」

「私はお母さんが作ってくれますから。私、低血圧で朝すっごい苦手だから、自分でなんて無理ですよぉ」

「そうなの……？　弟さんか妹さんのついでとか？」

「ううん。私一人っ子ですから」

彼女は高卒社員で、私の一年後輩だから、今年二十歳《はたち》になるはずだ。

私の家は、離婚前から共働きで、多少他の家庭より、自分のことは自分でやる、という感が強かった気はするが、二十歳で社会人の娘に母親がお弁当を作る、そういう家庭も存在するのか。少し驚いた。

電車が揺れて、めぐみがよろける。

「大丈夫？」

松田さんが助けた。ヒールを履いていても、めぐみは私より十センチ以上小さい。

ふとめぐみのバッグに目が行く。エルメスの今年の新作だ。私のバッグも通勤用にと、それなりにお金はかけたのだけれど、めぐみのはきっと一桁《ひとけた》多い。

ブランド物のバッグの中に、母親の手作り弁当。何かが根本的に間違っていませんか?

お局様《つぼねさま》のようなことを考える。やばいやばい。またこの意地悪そうな目つきに磨きがかかってしまう。

「あ、ディオールのペンダント買ったんだ。前からめぐちゃん欲しがってたもんね」

松田さんが、めぐみの胸元を見て言った。

「そう。買っちゃったー。このジャケットも一緒に買ったんだよ」

めぐみが自分の服を指す。デニムジャケットの中に、黒のVのシャツ。ボトムは黒いサブリナパンツで、ヒールの靴も黒。

背が低いし、ぽっちゃりしてるんだから、そういう体のラインがはっきり出る服は似合わないと思うんだけどな。その完璧メイクも。元々充分キレイなのに、やりすぎてただのケバい顔になってるよ。

松田さんは、ざっくり編みのベージュのサマーセーターに、ジーンズ。シンプルだけど似合っている。

またださ。やばいやばい。すぐやってしまう、他人のファッションチェック。私の悪い癖だ。

それにしても。私は今日は、若草色のニットの下には白い丸襟のブラウス。ボトムはグレーのタータンチェックのワイドパンツ。靴は白いローファー。

彼女達より、三歳年上なのだけど、明らかに私が一番若い格好だ。でも、いいんだ。この童顔には似合っているはず。

彼女達の話に相槌を打ったり、三人で職場のグチを言い合ったり。そんなことをしている間に、駅に着いた。

職場のデパートと、駅の地下街はつながっている。暗黙の了解でグチは止《や》めて、私達は美味《おい》しいお店の話などをする。

朝すれ違う人達は、おじさんも、若いサラリーマンも、OLも、パートのおばさんも、皆放っているのは同じ雰囲気。「うっとうしさ」や「うざったさ」。朝が始まることを喜んでいる人なんて、日本にはいないんじゃないだろうか。

従業員通用口を入ったところで、松田さんだけ更衣室が違うので別れた。

めぐみと二人で、エレベーターに乗る。

電車の中から気付いてはいたが、個室に二人だと、彼女の香水からは逃げようがない。

多分、ちゃんとしたブランドの、普通の人にはとてもいい匂《にお》いのものなんだろうが、匂いに弱い私には、どんなものでも苦痛である。必死に私は、クシャミを抑える。

強い香水の匂いは、土足で人の領域に入って来られたような、そんな無神経さや図々しさを感じる。私だけだろうか？

「水原さん、今度一緒に行きましょうよぉ。さっき松田さんが言ってたエスニック料理のお店。すっごい行きたくなっちゃったぁ」

匂いにやられているせいで、その甘ったるい彼女の喋り方にまで、イライラしてしまう。男はやっぱり、こういう媚《こ》びたような口調が嬉しいのだろうか。

「うーん。私実はエスニック苦手なんだよね」

やっと、エレベーターから降りられた。

「そうなんですか？　じゃあイタリアンはどうですかぁ？」

「まあ……、エスニックよりはイタリアンかなあ」

いつも誘ってくれてありがとう。でも私は職場の人と、あまり仕事以外で関わりたくないんです。そろそろ気付いてね。なんて、私はまた意地悪なことを考える。

いいタイミングで更衣室に着いた。めぐみとの会話もいい感じに流れた。

「おはよう」

中の同僚達と挨拶《あいさつ》を交わす。

本当はエスニックだって、嫌いではない。ただ……。脱いだニットの匂いをそっと嗅《か》いだ。よかった。移ってはいない。めぐみの香水の匂いと、パクチーの匂いが混じったらどんな匂いになるか。そんな実験には立ち会いたくない。

＊

熱を出すと、必ず見る夢がある。

宮崎駿の映画に出てきそうな、空飛ぶ巨大な謎《なぞ》の飛行船。その機体に右手だけ引っ掛かって、落ちそうになるのを必死に踏ん張っている俺。高度何メートルぐらいなのか、見当もつかない高さ。右手の力を少しでも緩めれば、遥《はる》か下に真っ逆さまだ。

しかし、もうこの夢を見ても、怖いとは思わない。飛行船にぶら下がっていることに気付いた時点で、「ああ、これは夢だ」と俺の脳が反応する。物心ついた頃から何度も見ているのだ。いい加減レパートリーを増やして欲しいものだ。

目が覚めて、寝転がったまま、額に手を当ててみた。熱がぶり返している。はあっと大きく溜息《ためいき》をついた。四日間続いた高熱が下がった今朝、久しぶりに学校に行ったのだが、どうやらカゼは完治していなかったらしい。

ベッドから上体を起こしてみた。真《ま》っ暗闇《くらやみ》の自分の部屋に、目覚まし時計と壁の時計。二つの時計の秒針が、〇・二、三秒ずれているのか、落ち着かないリズムで鳴っている。ぼんやりとした視界の真ん中辺りでは、ハルが寝息をたてて熟睡していた。

台所に降りて行って何か温かいものでも飲もうかと思ったが、ハルの姿を見てやめることにした。最近眠れないのか、ハルは夜中に「くぅーん」と切なげな声で、夜鳴きする。そのせいで夜中に何度も起こされる日が続いていた。起こしたら可哀想《かわいそう》だし面倒だ。俺はもう一度ベッドに体を倒した。

しばらく目をつぶってみたが、なかなか寝つけない。時計の秒針達の音と、ハルの寝息が気になって落ち着かない。

古典的な方法で、羊を数えてみたが、だめだった。想像力が貧困なのか、左の柵《さく》から右の柵へ、羊を追いやって数えたら、すぐに右の柵がいっぱいになって羊が入りきらなくなってしまった。

はあっとまた溜息をついた。「溜息をつくと、幸せが逃げる」と子供の頃に、母親に言われたことがある。一緒に聞いていた園は、「吐いた息の中に幸せが入ってたの？」と尋ねた。その問いに、母親が何と答えたかは覚えていないが、以来俺は溜息をついた後、「ああ、幸せが」と思うのが癖になってしまった。

ハルの寝息を聞きながら、この間園と話したことを思い出した。ハルを拾ったのは春だった。そうだった。多分、今ぐらいの時期だった。ハルを抱き上げた園の向こう、公園の隣の空き地に、菜の花が咲いていた。

自分の体の中で、激しく血液がどくんっと動いた。ここのところ、ずっと感じている悪寒。あれは絶対、血液が体内を移動する振動だと俺は思っている。

真っ暗な部屋に、犬の形をした老いぼれの生きものと、高熱でへばっている、人間の形をした生きもの。妙な生きものが二匹。何だか情けない。そして虚《むな》しい。

秒針とハルの寝息が、何だかさっきより大きく聞こえる気がする。血液の振動も体のあちこちで感じ始めていた。

これはちょっとやばいんじゃ……？

そう思った直後、俺の左足は布団を払いのけ、部屋の壁を、思いっきり蹴《け》っ飛ばしていた。

「おわぁっ？」っと、隣の部屋で忍の声がする。俺の意識はどんどん遠のいていく。

ハルが目を覚ましたのが気配でわかった。

「何だよ……？」

忍の訝《いぶか》しげな声がかすかに聞こえた。俺は薄れる意識の中で、もう一回壁を蹴っ飛ばした。

「おい、どうしたっ？」

忍が怒鳴りながら、俺の部屋に向かって来る。よかった、助けてもらえる。俺は少し安心して、不安げに微かに鼻を鳴らしているハルに謝った。「驚かせてごめん」声になっていたかどうかわからなかった。覚えているのはそこまでだった。

ハルを迎えに

地下街を少し早足で歩いた。ローヒールがカツカツと音を立てる。自然と体に力が入って、自分が颯爽《さっそう》と歩いているような錯覚を起こす。ヒールの足音は、他人のそれはあまり気持ちのいいものではない。むしろ不快でさえあるのに、何故《なぜ》だろう、自分の時は妙に堂々としてしまって、どちらかというと快感だ。

今日は久し振りに恭司に会える。私は、普段着よりは少しだけ格上の、マオカラーでチャイナ風になっている、紺地に、白い小さなドット模様の膝丈《ひざたけ》ワンピースを着ていた。髪はゆるくまとめて、バッグと靴は赤のエナメルで揃《そろ》えた。化粧は濃すぎず、薄すぎず。

予約したイタリアンレストランの近くの待ち合わせ場所で、時計を見た。五分前だ。五分、恭司の事を考えよう。

角を曲がって、こちらに向かって来る男の人に、いちいち反応してしまう。違う。恭司はもっと背が高い。違う。恭司はあんなくたびれたスーツの着方はしない。

やがて現れた本物の恭司。私に気付いて軽く手を挙げる。何度待ち合わせても毎回感じる、足元がおぼつかない場所に立っているような、気持ちいいような悪いような、不思議な感覚。私にそれを与えられるのは恭司だけだ。

スパークリングワインを飲んで、恭司はいつもよりよく喋《しゃべ》った。今日の約束の電話をした時、その日はプレゼンがあるから打ち上げに付き合ってよ、と言っていた。恭司は大学を出た後、広告代理店に勤めている。そのプレゼンが上手《うま》くいったとかで、機嫌がよかった。仕事の話や、最近買った靴の話などを、楽しそうにしてくれた。

「園に会うのも久しぶりだな。元気だった？」

私のグラスにワインを注《つ》ぎ足してくれながら、恭司が聞いた。

「まあ、普通」

答えながら私は「ありがとう」とワインを飲んだ。

「今日は飲むんだ」

恭司が笑う。

「明日休みだから」

次の日が休みじゃない時は、飲まない。

「そっか。明日休みだったね」

「恭ちゃんが休めって言ったんじゃん」

少しむくれてみる。私のデパートは年中無休なので、休日は週に二回シフト制になっていた。

「休め、とは言ってないよ。ただ沙織《さおり》が週末出張って言うから、園が休みだったら泊めてもらえるなーと思って」

恭司はなだめるように言う。

「……沙織さん元気？」

「ん。婚約指輪は園ちゃんの所で買えばよかったねーって言ってた。もう買っちゃったんだけどさ。他で。今サイズ直ししてる」

「……言ってくれたらよかったのに。社割してあげられたよ」

「いいよ。婚約指輪、割引で買うのもなんか嫌じゃん。一生ゴチャゴチャ言われそうだ」

「……じゃあ、きっちり給料三ヶ月分で買ったんだ」

「うーん……、実はもうちょっとしたんだよね。痛かったなあ」

そう言いながらも、恭司の顔は笑っている。その幸せそうな顔に、私の方が痛い。痛いけれど、まあいい。恭司が笑っているから。

私のことでじゃなくても、恭司が笑えば、私は嬉《うれ》しい。おかしいかもしれない。でも、本当だから仕方ない。

会計は、「泊めてもらうし」と、恭司が払ってくれた。

店を出て、「タクシー拾う？」と恭司が言ったが、ちょっと酔っていたので私は風にあたりたかった。適当に歩いて、疲れたら電車に乗るかタクシーを拾うことにした。

金曜日の夜だから、街が混んでいる。夜に繁華街を歩くと、もう大人なのに、私はいつまでも、隠れて夜遊びをしているように妙にドキドキしてしまう。でもそのドキドキは、ほんのり楽しい。

恭司が私の手を取る。二人で橋の上を歩いた。本当は汚いことを知っているけれど、闇《やみ》に隠されて、ネオンをぼかして映していて、夜の川はむしろキレイだ。

恭司が、橋の欄干に私を抱き寄せて、キスをした。

川と同じだ。この人に、婚約者がいることを知っている。でも闇に隠されて、ネオンにぼかされて、今の私にその事実は見えない。見えないことにする。

恭司のキスで、私の体は、都会の夜に溶けてしまいそうだ。

冷蔵庫を開けて、中から缶チューハイを取り出して、恭司は私の方を見て言った。

「飲んでいい？」

「いいよ」

コンタクトを外して、ベッドの前の鏡を見ながら、私は髪をほどいていた。

「あれ？　メガネがない……」

「ん？　そこにあるよ」

恭司が冷蔵庫を閉めながら、反対側の壁の棚を指した。

「あっ、ホントだ。ありがとう」

取りに行こうと立ち上がりかけると、

「コンタクト、今入ってないの？」

恭司が聞く。

「うん」

「そこから俺《おれ》見える？」

「誰かいるってことしかわかんない」

「こんな顔してもわかんない？」

今度は笑いながら聞く。変な顔でもしたのだろう。子供みたいだ。

立ち上がって、メガネを取りに行った。レンズが汚れていたので、ケースからメガネ拭《ふ》きを取り出して拭く。恭司はまだ冷蔵庫に寄っかかっている。

「そこからなら見える？」

恭司は缶チューハイを開ける。さっきは部屋の対角線上にいたが、今度は私と恭司は長方形の一辺の線上にいる。

「ひょっとしてそこにいるのは恭ちゃんかしら？ってくらい」

恭司がチューハイをぐびっと飲む。私はメガネをかけた。恭司は飲料水のCMみたいに、すごくおいしそうな顔をしている。

「タバコ吸う？」

引き出しからライターとタバコを取り出した。恭司が前に来た時忘れていったものだ。恭司は三ヶ月前から婚約者の沙織さんと同棲《どうせい》し始めて、禁煙を強いられているらしい。

「うーん、誘惑するなよ」

言いながらも、もう恭司はベランダに移動している。灰皿を持って私もついて行く。

「だって私吸わないから、片付かないんだもん」

ベランダに二人で体を丸めて座った。ネクタイを外してカッターシャツになっていた恭司は、くわえタバコでシャツのボタンを上から二つ外した。鎖骨の上にある恭司のホクロが見えた。

恭司のタバコの匂《にお》いだけは、私は全く気にならない。

恭司に抱かれた。

ベッドで二人でじゃれているうちに、恭司のセットされている髪はぐちゃぐちゃになった。私は何度もわざと恭司の髪を、わさわさとやってやった。恭司は笑う。鎖骨のホクロを引っ掻《か》いてやった。また恭司は笑う。

恭司のホクロと、ぼさぼさの髪と、くわえタバコの姿が、私は好きだ。

明日、沙織さんの所には、服を着てホクロを隠して、髪をキレイにセットして、禁煙した恭司が帰る。何だか演歌みたいに辛気くさい発想だが、実際私は、それが嬉しい。

恭司との行為の最中に、私は声をあげる。

私は恭司としかセックスしたことはないが、声をあげるのは気持ちがよいからではない、という自信がある。恭司が私の中にいる。その事実が嬉しくて、私は声をあげるのだ。

痛みなのか快感なのかわからない衝動に、私は自分が生きていると実感する。

幼なじみ？　兄妹《きょうだい》みたいな関係？　浮気？　不倫？　何でもいいや。私と恭司は、今、純粋な二匹の生きものだ。

まだ寝ている恭司を起こさないように、そっとベッドを出た。二人とも痩《や》せているので、シングルベッドに並んでも狭くはない。でも背の高い恭司は、頭の方がちょっと窮屈そうだ。足を縮ませて、子供のような体勢で寝ている。

洗面所に行き、体重計に乗った。裸眼なので数字が見えない。かがんだ。〇・四キロ減。顔がにやけた。

恭司と会う夜はストレッチができないので、体に影響が出ていないかが気になるが、セックスもストレッチと同じぐらい、ひょっとしたらそれ以上にカロリー消費をするのかもしれない。

痩せた体は心地よい。ムダな肉が一切ないのは、体が浄化されて、汚いものを削《そ》ぎ落としたかのように快感である。

シャワーを浴びて、髪を拭きながら部屋に戻って来ると、恭司は起きていて、ベッドに座って裸のままタバコを吸っていた。本当はベッドでは吸って欲しくなかったけれど、言わなかった。

「朝ごはんお粥《かゆ》でいい？」

私は朝からきっちり料理をする。お粥やお味噌汁《みそしる》やスープ。朝は体を温めると、脂肪が燃えやすくなるのだ。

「ん。ケータイ鳴ってたよ」

「あ、そう？」

「うちのお隣さんから」

恭司の言葉に、ほうれん草を洗っていた手を止めた。恭司の実家と、私が、親が離婚する前住んでいた家、つまり行の家は隣なのだ。

「え？」

「佐々家って画面に出てた。行じゃない？」

ケータイを確かめる。本当だ。佐々家。

「……行ならケータイからかけてくると思うんだけど……」

行のケータイにかけてみる。電源が入っていない、とアナウンスされた。

「土曜日だから家にいるんじゃない？　で、家からかけたんだろ」

私はとりあえず、ほうれん草と卵のお粥を完成させて、テーブルに並べた。

「……かけにくいのはわかるけど。いいの？　かけなくて」

恭司が言う。行以外の人からなら、かけにくい。父親とは仲が悪いし、父親の今の奥さんだとしたら……。恭司が知らない理由で、かけにくい。

しかし落ち着かない。お粥を食べ終わる頃には覚悟を決めた。

名前を告げて電話に出たのは、父親の奥さん、真奈美さんだった。自分の体が強張《こわば》るのがわかる。

「あの……、水原園ですが。どうも。さっき電話もらったみたいで」

「あ、すみません。そうそう、電話したんです、私。出られなかったからお仕事かと思って。よかったですか？　すみません、かけ直させちゃって」

「いえ。仕事は今日休みで。すみません。気付かなくて。電話鳴ってたのに……」

「あ、お休みなんですか。すみません。ゆっくりしてるところ……」

お互いが敬語で、すみませんを連発する妙な会話が続いた。早く本題が聞きたい。

恭司は後ろで着替え始めた。

「実はお電話したのは、行が昨日倒れまして、入院したんです」

「えっ！」

「あ、大したことないんです。ここんとこ熱出して寝こんでたんですけど、カゼだと思ってて。すみません。気付かなくて、私。昨日の夜熱が上がって酷《ひど》かったんで救急車呼んだら、病院で肺炎だって言われて。一ヶ月くらい入院することになって」

「……そうなんですか」

「ええ、それで……、由理さんと園さんにはご連絡しなきゃって思って……。あ、さっき由理さんにはご連絡差し上げたんですが」

「……母、電話出ました？」

「あ、ええ。あの、私じゃなくて……、主人がかけたんですけど。出られたみたいです。あ、園さんには、あの、主人は店の準備があったので私が……」

話をするのが気まずいのは、自分だけではなく向こうもらしい。父親の顔が浮かぶ。

「ありがとうございました。病院は前と同じですか？　大宮の。私、今日休みなんで、もし行けたらお見舞いに行きます」

行っていいですか？　と言おうかと思ったが、別に許可を取ることもないか、と思った。

「ええ、ええ。ありがとうございます。行も喜ぶと思うので」

適当に挨拶《あいさつ》をして、電話を切った。父親に代わってくれとは言わなかった。真奈美さんも代わりましょうかとは言わなかった。電話を切ると、酷く肩が凝っていた。

「行、また入院したの？」

恭司が聞く。

「ん。肺炎だって。ホントに体弱いよね。お見舞い行こうかな。休みだし」

「そっか。俺も行ってやりたいんだけど、用事あるんだよね。もうちょっとしたら出ないと。お見舞い、なんか持ってく？　俺半分出すよ。電話お父さんから？」

「真奈美さんから。えーと、じゃあ本買ってこうかな。この間欲しがってたから」

真奈美さんには、行が三年前入院した時、お見舞いに行った病室で何度か会った。気まずいのはお互い様だが、それでも私にもニコニコして、気を遣ってくれて、感じのよい人だった。

彼女は父親より七つ年下らしいので、私の母親より、十ほど若い。そのせいもあるが、私と一緒で背の高い母親と違って、小さくて華奢《きゃしゃ》な彼女は、何というか、かわいらしくて少女のような人だった。行にも、「いつも一生懸命で、かわいい人」と言われている。

しかし、その「かわいい人」の、行は知らないが私が知っていることがある。

一つは、両親が離婚する二年も前から、父親と彼女が付き合っていたこと。

もう一つは、先週一緒に食事をした時に、母親が私に戸惑いながら話したことだ。行にも父親にも内緒にしてくれと言って、彼女が母親にお金を借りに来たらしい。聞けば、結構な額だった。あのお金はどうなっただろう?

「あっ」

思わず声をあげた。

「どうした?」

恭司が聞く。

ハル――。行はどうするつもりだろう?

この間の行との会話を思い出す。「もういつ死んでもおかしくない」と行は言った。ハルに会える最後のチャンスかもしれない。

この部屋に、尿の吸収シートを敷き詰めるところを想像した。

無理ではない。

＊

目を覚ました時、かすかに開いた瞼《まぶた》に、オレンジ色が広がった。

「……一旦《いったん》戻りますので、息子さんが起きられたら呼んでください」

聞き覚えのない声がする。

「はい。すみません。お願いします」

今度は知っている声だ。

だんだんとはっきりしてきた視界に、オレンジ色のTシャツの小さな背中が、腰をおってお辞儀をするのが見えた。真奈美だ。

もう一人の白い服の女性は看護婦さんだ。

「えーと、お呼びするのはナースコールのボタンでいいですか？　すみません」

真奈美が慌てて、そして申し訳なさそうに言った。何でそんなに腰が低いんだ。俺は苦笑いをした。真奈美の悪い癖だ。自分が悪くない時にも、頭を下げなくてもよい時でも、いつも申し訳なさそうな話し方をする。体が小さいだけに、その姿は謙虚と言うよりは痛々しく、俺はあまり好きではない。

「……おはようございます」

何て言っていいのかわからずに、横になったままそう言ったら、驚かせてしまった。

「わあっ」と二人が大声を出す。

「やだっ……、起きてたの？」

真奈美が言う。

「……今起きました」

俺はうーんっと伸びをして、上体を起こした。

「行、アンタ肺炎だって。一ヶ月ぐらい入院だって」

「肺炎……。そうなんだ。だから熱下がらなかったのか」

「でも一ヶ月でよかったじゃない。前みたいに長引いたら嫌でしょ？」

真奈美は笑顔だが、俺は溜息《ためいき》をつきたい気分だった。

一ヶ月だって、受験生にはきつい。それでなくても、最近、志望大学を国立に絞ろうかと悩んでいるところだったのだ。

「担当の浅野です」

看護婦さんがニコニコ笑う。平山や野口がお見舞いに来たら、羨《うらや》ましがりそうな、若くてかわいい人だ。

「隣のベッドの方は、今日は外泊してます。会ったら挨拶ぐらいしておいてね。あ、受験生なのよね。お隣の宮本さん、高校の数学の先生なんですよ。勉強教えてもらえるかもね」

二人部屋らしい。俺のベッドは通路側で、窓の外は見えなかった。

「じゃあ今日は四時から検査があるから呼びに来ますね」

そう言って、部屋を出て行く浅野さんの足に、つい目が行ってしまった。白いストッキングの下にうっすらと脛毛《すねげ》が伸びているのが見て取れて、ちょっとギョッとした。仕事がハードだろうから、手入れもつい手抜きになるのかもしれない。

いやらしい気持ちはなく、前に園と夕食を食べた時に見た、園の足を思い出した。その日の園は、デニムのミニスカートをはいていて、そこから伸びる細長く色の白い足は、キレイに処理されていた。園は何事にも手を抜かない。

病室に真奈美と二人になった。俺はふざけて大げさに頭を下げる。

「……大変ご迷惑おかけしまして」

「そんなことはいいんだけど。どう？　体は。……でも、忍がめずらしく家にいてよかったのよ。行が壁ガンガンやってるから部屋のぞいたんだって。そしたらぐったりしてて。触ったらすごい熱かったらしくてハルもクンクン言ってるし、忍、慌てて階段降りてきて、私とお父さんに行がおかしいよっ！　って叫んで。お父さんと一緒に上がって行ったら、本当にすごい熱で、話しかけても全然返事もしないし、そんで、お父さんが忍に救急車呼べっ！　って……。ハルも寝たままずっとクンクン言ってて可哀想《かわいそう》で……。救急車には私とお父さんが乗って病院に来たんだけど、一階までは忍が行を運んだんだよ。最初お父さんが抱えようとしてたんだけど、やっぱり年がもうねえ、辛《つら》そうで、それで忍が俺がやるよって……。もうホントに忍がいてよかった」

一気に喋って疲れたのか、真奈美はベッドサイドの椅子《いす》に座って、ぐったりと肩を落とす。

「そっか。みんなに迷惑かけちゃったね。ほんとありがとう。忍にも父さんにもよろしく。もちろん後で自分でも言うけど」

俺が言うと、真奈美は頷《うなず》く。

「そうそう、これ。忍からお見舞い」

忍がよく読んでるファッション誌だった。

「あとね、着替えとかは適当に持って来たんだけど。あ、タンス勝手に開けたわよ。落ち着いたら色々要《い》る物あるでしょ？　勉強用具とか。そういうのまとめて書いておいて。持って来るから」

「……んー。今ちょっと頭まわんないや。急がないから考えとくよ。そん時お願い……あとさあ、一ヶ月入院するんだよね？　ハルのことなんだけど……」

切り出した俺に、またたたみかけるように真奈美が喋る。

「そうそう、お母さんとお姉さんには、連絡したの。そしたらお姉さんが、今日休みだからお見舞い来るって。それでね、一回電話切った後、もう一回かかってきて、病院の後、家に寄るから、ハルの介護グッズまとめておいてくれって。ハル預かるって」

「……姉ちゃんが自分でそう言ったの？」

「そう。行とはそういう話になってるからって。だから私、じゃあお願いしますって、忍に荷物まとめてもらうように言っておいたんだけど……。よかった？」

「何かあったらよろしく」確かに俺はそう言ったかもしれない。

真奈美が帰って一人になった。隣のベッドの方まで歩いて行き、窓から外を見た。いい天気だった。病院の駐車場が見渡せて、オレンジ色のシャツの真奈美が歩いて行って、車に乗り込むのが見える。上から見ると、ますます真奈美は小さい。とことこ歩いて人形のようだ。

真奈美が車を発進させ、ロータリーをぐるっと回って一般道に出て行った。ロータリーにはまばらに桜の木が数本植わっている。満開から散りかけているところだ。

「サクラチル」と、ぼそっと呟《つぶや》いてみた。受験生には禁句だったか。今時、そんな言葉に反応する受験生は俺ぐらいかもしれないが。

自分のベッドに戻った時、コンコン、とノックの音がして、扉が開いた。園だった。

「うっす」と俺は、園に椅子を差し出した。

「どう、調子は？　って、いいわけないか」

「ん。でもそんな辛くもないよ」

これほど短いスパンで会うのは珍しい。

園は白いブラウスの上に、発色の綺麗な濃い緑色のノースリーブのシャツを重ね着し、膝《ひざ》までの白いスカートをはいている。スカートには、赤い小さな花柄がちりばめられていた。

相変わらずファッション誌から抜け出して来たみたいだ。「春はやっぱり小花柄で決まり！　街の視線を一人占め！」そんな大げさなコピーが横に書いてありそうだ。弟の自分に会いに来るだけなのに、園はやっぱり完璧《かんぺき》コーディネートを崩さない。

「新学期になった途端に大変だね」

「まあ、受験直前よりはよかった、って思わないと」

「……相変わらず大人だわね。逆境にもいつも涼しい顔して。……志望校決めたの？　学部とか」

「学科はまあ、建築系で……。志望校はねえ、まだ絞り込んでない」

園がなるほど、という顔をする。

「やっぱり建築系なんだ。あんた、家の広告とか見るの好きだったもんね。子供の頃、家の写真とか広告とか、気に入ったのスクラップしてある変なノートあったもんね」

実は今もあるのだが。言えなかった。

「まあまだ受験も一年あるしね。ゆっくり休みなよ。……今日お母さんも誘ったんだけどね。土曜だし来れるかなあと思って。なんか最近、月一で土曜も出勤なんだって。今日がそうらしくてさあ。そのうち来るってさ」

「遠くから悪いなあ。姉ちゃんも休みの日なのにサンキュね。母さんにも忙しかったら無理しないでって言っておいて。一ヶ月で退院できるし、大したことないからさ」

「うん。まあ私はヒマだし気にしないでいいよ。あんたすぐ気ィ遣うから。病気の時くらいみんなに心配かけなよ。普段いい子なんだから。あ、そうそうお見舞い」

園は持っていたバッグからごそごそと、カバーのかかった厚い本を二冊取り出して、重そうに俺に差し出した。カバーをめくってみると、この間お茶を飲みながら、二人で話題にしていた、今売れている上下巻のミステリーだった。園も俺もその作家の小説にハマっていて、その本も、ハードカバーは高いし場所を取るから文庫になったら読みたい、と二人で話していたのだった。

「本棚の場所取って悪いけど」

「え？　もらっていいの？　うわーっ、俺寝ずに読んじゃいそうだ。ありがとー。ホントにいいの？」

「勉強の合間にどうぞ。下巻の方は恭ちゃんから。別に上巻でもいいか。とにかく、半分は恭ちゃんからだから」

「え？　そうなの？」

「さっきまで会ってたの。で、あんたの話したら俺からもお見舞いって出してくれた」

隣の家の恭ちゃんは、東京の大学に入学する時に家を出た。大学を卒業した後もそのまま東京で就職したので、隣の家にはたまに帰って来るだけだ。だが、東京に住む園とはちょくちょく会っているらしい。元々年が近いからか、恭ちゃんは俺より園と仲がいい。恭ちゃんと俺は六つも離れている。

「恭ちゃんいつ結婚するの？」

「……お互い仕事忙しくてなかなか進まないみたいだけどね」

「社会人三年目？　で、結婚って早い方だよね」

「まあ、でも奥さん年上だし」

「あ、そうだっけ？　いくつ上？」

「三つかな。大学の先輩だよ。一年生の時四年生って言ってたから、三つだよね」

「うちのお父さんとお母さんと一緒だね」

「……縁起悪いこと言わない。離婚しちゃうじゃない」

園が苦笑した。

「そうそう行さあ、ハルのことなんだけど」

園の方から切り出してきた。

「さっき真奈美ママに聞いた。ホントにいいの？　一人だし仕事のこと考えるとやっぱり難しいんじゃないの？」

「さっき考えてたんだよね。カーペットはがしちゃって、シート敷き詰めておけば平気。仕事は店閉まってから即行帰るようにすればいいし」

「疲れるよ。結構」

「あんたもやってることでしょ？　いつも話聞いてるから覚悟もしてるし。っていうかさ、面倒見させてよ。ハル、もう長くないんでしょ、きっと。私ハルのこと捨てちゃったし、最後に少しくらい面倒みたいの」

「……捨てたわけじゃないよ。……じゃあ、頼みます。俺が退院するまで。でもさあ、遊びに来る人とかホントにいいの？　美佐さんしか来ないって言ってたけど……、彼氏とかさ……」

「だからっ！　いないってば」

叱《しか》られてしまった。

「……すみません。……でさ、ハル迎えに行ってくれるんだって？　忍が今日休みで珍しくヒマって言ってたから、頼んだら姉ちゃん家《ち》まで運んでくれるとは思うんだけど……。あいつ車あるし。すげー車だけど」

「いい。もうすぐ美佐が車で迎えに来てくれるの。ハル連れて帰るって頼んどいたから。佐々の家に行って、ハルと必要な物積んで美佐に送ってもらう」

「え？　わざわざ美佐さん迎えに来てくれるの？」

「あいつ彼氏がこの近くに独り暮らししてるの。金曜の夜は絶対彼氏ん家《ち》に車で泊まりに行くの。だから、帰り拾ってって頼んだの。バスタオルかなんかでハル包んで車に乗せてもらうよ。私が抱いてるからさ。何かあるでしょ？　バスタオル」

「うん。部屋の介護グッズに揃ってる。美佐さん潔癖じゃない？　車に匂いとか……」

「詳しく話してあるから大丈夫。それに、自分が犬小屋みたいなぶっちらかった部屋に住んでるやつだから。犬も嫌いじゃないし」

「じゃ……、ホントによろしく」

　俺はハルの介護にあたっての、注意事項を細かく説明した。

　もう自分で水を飲むことも難しいから、朝起きたら必ず水を飲ませること。この時ハルを膝に乗せるから、重いのは覚悟すること。床擦れができないように、ハルの姿勢を時々変えてやって欲しいこと。エサは昔と一緒で夜に一回。固形のドッグフードは、顎《あご》の力が衰えていて食べられないので、シニア犬用のを牛乳に浸して、やわらかくなってからやること。エサの時は水と同様、ハルの上体を膝に乗せること。排泄《はいせつ》は、垂れ流し。市販の犬用オムツは、あらゆる種類を試したが、這《は》いずるとずれてしまったり、瘦せすぎているので体にフィットしなかったり、どれもダメだった。そして吸収シートに落ち着いている。これ以外方法がないのでシートが汚れたらすぐに取りかえること。寝たまま排泄をして、自分の体に排泄物がついたままになっていることも多いので、しょっちゅう確認をすること。ハルの体に排泄物がついた場合、ぬるま湯に浸したタオルでよく拭《ふ》いてやること。そうしないと、皮膚がただれてしまうこと。伝えなければならないことはたくさんあったが、園は真剣に聞いてくれた。匂いも結構キツイのだが、園は俺より匂いに敏感だから、無臭の脱臭剤を勧めた。

園が今から向かうと家に電話をするために、二人で廊下に出た。病院内は当然ケータイが使えない。

さっさとハルを自分が連れて帰る手配をしている園に、多少呆《あき》れたが、ありがたかった。俺がいないあの家に行くのは、園にとってかなり重い腰を上げなければいけないことだろうから、自分のペースで進められるようにしておいたのだろう。園らしい。

「恭ちゃんも車持ってるから、恭ちゃんに頼もうかと思ったんだけどね。今日は用事あったみたい。美佐が来てくれてよかった」

園の言葉に「そう」と言った。

本当かどうかはわからないが、園は彼氏はいないと言った。恭ちゃんみたいなカッコいい男が近くにいると、他の男はレベルが低く見えるのかもしれない。恭ちゃんは見た目も頭もよく、一流企業に勤めている。園のことも昔から、妹のようにかわいがっていた。俺にも優しかった。

でも――。俺は知っていた。恭ちゃんはプライドが高い。自分に自信を持っているから、自分のできることができない人を馬鹿にしている節がある。

園から、恭ちゃんの婚約者が年上で美人のキャリアウーマンだと聞いた時、やっぱり、と思ってしまった。俺も子供の頃からそこそこ勉強だけはできたから、だから恭ちゃんはかわいがってくれるのだ、と子供心に思っていた。何もできない、ただの体の弱いガキだったら、恭ちゃんは俺のことを、苛《いじ》めこそしないものの馬鹿にはしていたんじゃないか。

隣を歩く園を横目で見た。園を連れて歩くのは、男だったら鼻が高いだろう。園がこの容姿じゃなかったら。それでも恭ちゃんは、今でも園をかわいがっているだろうか？　この考えは、絶対に園には言えない。

＊

かつての我が家の前で、美佐に車を停《と》めてもらった。

私は一人、車を降りて、一階の中華料理屋の入口に立った。扉を開ける手に、つい力が入ってしまう。

夜の営業時間の前なので、中には客はいない。父親と真奈美さんが厨房《ちゅうぼう》で仕込みをしていた。

「ああ、どうも」

真奈美さんが出て来てくれた。

「今朝《けさ》は電話ありがとうございました」

ぺこっと頭を下げる。

厨房の父親と目が合った。

「……元気か？」

「おかげさまで」

「……母さんは？　たまに電話くれるけど」

「……仕事は忙しいみたいだけど、元気だよ」

お互いちょっと遠慮気味の会話だ。母親の話が出た時、真奈美さんを盗み見てしまった。母親から借りたお金は、何のためだったのか。

真奈美さんの息子の忍君が降りて来て、私は彼に先導されて行の部屋に向かった。変な感じだ。行の部屋の場所なんてわかっているのに。でも私は案内されている。

階段を登って、一番手前の部屋は昔の私の部屋。多分今は、目の前の男の子の部屋。胸がくすぐったい。

行の部屋は、あいつらしくキレイに整頓《せいとん》されていた。昔とそんなに変わっていない。いつかのクリスマスに、行がサンタクロースからもらったセピア色の地球儀も、変わらず棚に飾ってある。部屋の床中に吸収シートが敷き詰められ、真ん中あたりにハルがいる。「犬の形をした生きもの」という表現は正しい。茶色い大きな塊《かたまり》が落ちていて、よく見ると、それはヨボヨボの犬だった。そんな感じだ。

そっとハルの横にかがんだ。眠ってはいない。耳をぴくっとさせた。毛並みはボロ雑巾《ぞうきん》みたいだ。

そっと頭を触ってみた。また耳をぴくっとさせる。何かに気付いたように、上体を起こしかける。しかし、すぐぺたっと倒れた。そして、何度も何度も立ち上がろうとして、その度ぺたっと倒れた。

泣くかも。そう思って、唇を噛《か》んで頭を軽く振った。忍君に見られただろうか。

ハルは私を覚えていた。

ハルを抱えて、階段を降りかけた時、

「俺がやりますよ」

忍君が言った。

「お姉さんスカートだし。危ないですよ」

彼は私からハルを受け取って、代わりに介護グッズが入っている紙袋三つを私に渡す。

顔がかあっと熱くなった。ハルを迎えに行くのだから、動きやすく汚れてもいい服の方がいいと思ったのだが、恭司と軽くランチを食べて、そのまま向かうことにしたので、そういう格好はプライドが許さなかった。気の利かない女だと思われたかもしれない。

「お茶でも飲んでいけば」と父親に言われたが、「友達を待たせてるから」と断った。

三人とも外に出て来て、ハルと荷物を積むのを手伝ってくれた。美佐があわてて運転席から出て来て、妙な会釈が交わされる。

「お姉さんに任せちゃってすみません」

ハルを後部座席に寝かせてくれながら、忍君は笑顔で言う。

「私がしたくてするだけですから」

私も笑顔を作った。

「何かあったら言って下さいね」

忍君は高校を中退した後、カー用品店で働いている、と聞いた。この間、電車でからかわれた子達と同じような、見た目は今時のだらしない子だ。金髪が陽で光っている。

「普通だったら、友達にならないタイプだけどね。でも個人的に付き合ってみるといいヤツだったよ。おかげでコンビニの駐車場に溜《た》まってるヤツらの隣通るのも怖くなくなった」

行はそう言って笑っていた。確かに気のよさそうな子だ。この間の電車の子達も、「個人的に付き合ってみるといいヤツ」なんだろうか。

発車した車の窓から、駐車場の父親の車の隣に、なるほど、行が「すげー車」と言っていた、忍君のであろう車が見えた。

車体はかなり低くしてあり、どぎついピンクのファーのようなものが、車内に敷き詰められている。マフラーはどう考えたって大きすぎだ。

美佐がいてくれなかったら、あの車で送ってもらうところだった。運転席の友人が頼もしく見える。

「こいつ何である日突然いなくなったんだろう？　って思ってるのかな。そんで今日何でまた急に現れたんだ？　とか」

美佐がハルを見て言う。

吸収シートを敷き詰め終わった部屋で、手伝ってくれた美佐と二人でウーロン茶を飲んだ。ハルは寝かせた途端眠ってしまった。

「離婚した親の後妻さんとかさ、その子供と会うってどんな感じ？」

「普通そういうことは、気ィ遣って聞かないのでは？」

私は苦笑いする。美佐のこういうところは、さっぱりしていて好きだ。

「……うちはさあ、行が体弱くてしょっちゅう入院するから、お見舞いとかで会う機会があったけど。埼玉と横浜で近かったし。普通はあんまり会わないよね。やっぱりちょっと気疲れはするよ」

「まあそうだろうねえ」

自分で聞いておいて、美佐は気のない返事だ。

「でも、園の弟偉いね。私、正直ここまで老犬だと思わなかったよ」

「あいつ、ふわっとしてるっていうか、涼しいっていうか、大人っていうか。なんか、何でも抵抗なく受け入れるんだよね」

「いいじゃん。器が大きいんだよ」

「……そうなのかなあ」

冷めているだけなのでは、とたまに思う。

「ねね、昨日会ったんでしょ？　恭ちゃんと。どうだった？」

美佐が話題を変える。

「どうって別に普通。ご飯食べて、ここ来て……」

「やることやって寝た？」

「……品の無い言い方しないでよ」

「でも、そうなんでしょ？」

私はウーロン茶のおかわりを注ぎに行く。

「次来る時、この子いて大丈夫なの？」

美佐がハルを覗《のぞ》き込む。

「預かるって言っておいたから平気。子供の頃は一緒に遊んだし。それに、次来る時はもう行が退院してると思う」

「次いつ会えるかわかんないなんて、むかつかない？　向こうの気まぐれでしょ？」

もう何度も同じような話はしたじゃないか。私は心で舌打ちをする。美佐が心配してくれるのはありがたいけれど、たまにうっとうしいのも事実だ。

「彼女と別れて、って言えばいいじゃん」

「そんなこと言ったら、あっと言う間に捨てられるってば」

「……勝ち目ないの？」

「沙織さんと？　闘う気持ちもないんだけど。まあ、あっても勝ち目はないね」

恭司とそういう関係になったのは、就職して、この部屋に引っ越して来た時だ。母親と恭司が引っ越しを手伝ってくれて、終わってから早めの夕食を三人で食べに行って、母親だけそのまま帰った。

恭司と私は近くのカフェで、私がカプチーノ、恭司がブレンドコーヒーを買って帰って、二人で部屋で床に座って飲んだ。

新しい部屋の匂いを感じながら、私はコーヒーを飲む恭司が、私を誘っているのに感付いていた。

だから、押し倒された時、それはとても自然なことのような気がして、簡単に恭司を受け入れた。

恭司はその頃すでに沙織さんと付き合っていた。私もその後すぐ別れてしまったのだけれど、その頃は彼がいた。彼と付き合っていたのは、男の子と付き合う、ということをしてみたかっただけのような気がする。セックスをする前に別れてしまった。

恭司とそうなった後も、沙織さんと恭司が別れるだとか、私と付き合うだとか、そういう話にならないのはわかっていた。でも私と恭司の関係も、このままずっと続いていくのだ、と予想もしていた。子供の頃からずっと、私が母親と引っ越した後も、恭司と仲良くしていたように。

初めからそう思っていたから、不満はなかった。なかったかわりに、沙織さんに対する罪悪感もなかった。

沙織さんと恭司と三人で、食事をしたことも何度かある。沙織さんは、私と恭司の関係を疑ってはいない。気まずい雰囲気にもならない。

沙織さんは私と初めて会った時、「ずっと話を聞いてて会いたかった。思ったよりもずっとかわいい」と言ってくれた。沙織さんも、私が思っていたよりずっと美人だった。彼女はお世辞だったかもしれないが、私は本当にそう思った。美人だけど、笑うと子供みたいにかわいい顔になり、でも、いかにもキャリアウーマンの服もぴしっと着こなしていて、痩せすぎでなくすらっとしていた。大きなブランド物のバッグを持っていた。私はブランド品が似合う女の人を初めて見た。

その日は三人で飲みに行った。沙織さんは生ビールをぷはあっと飲んだ。私は、酔いすぎないように飲み、カロリーを摂り過ぎないように食べ、店員の女の子の、塗り過ぎのマスカラを見て不快になった。

　店を出て、沙織さんは「酔っ払ったー」と伸びをしてはしゃいだ。「いい年して」と恭司が笑った。私はつまらない女かもしれない。そう思った。

「その婚約者がさ、女として嫌なヤツだったらやりやすいのにね。何であんな女？って、敵役《かたきやく》にしやすいじゃん」

「だから、闘わないってば。それに嫌だよ。恭ちゃんの婚約者だよ？　完璧な人で嬉しい。恭ちゃんの結婚相手が嫌なヤツなんてやだ」

「……園、おかしいってば。病気でしょ」

　美佐が呆れ顔をする。おかしいのかもしれない。でも本心だ。

「それにどっちかって言うと、私でしょ？　敵役」

「それもそうか。うわっ、やだなー。園なんて敵にまわしたくない！　怖っ！」

「……何で？」

「かわいい顔して外面いいのにさぁ。裏では冷めた顔で人間観察してるじゃん」

　当たっているかもしれない。黙っていたら、美佐が慌てた。

「えっ、ちょっとやだ。へこんだの？　怒ったの？　冗談だってば」

「うん。本当にそうかもって思った」

「やだ。ごめん。私は園の味方だよぉ」

帰り際、玄関で靴を履きながら、美佐が思い出した、というように言った。

「このアパートに住んでる人でさあ、小柄でひょろっとした男の人いる?」

「え? いくつぐらいの人?」

記憶をたどる。

「男の人っていうか、男の子? 私達と一緒くらい」

「……隣の男の子がそんなカンジかな。大学生だと思うけど。なんで?」

「ハル君抱えて部屋入る時、駐車場のとこからじっと見てた。ばれたかもね」

「……告げ口とかしないでしょ。大丈夫だよ」


ハルと自分だけになった部屋で、コーヒーを飲んだ。さっきウーロン茶を二杯も飲んだので、お腹《なか》がたぷたぷになってきた。ハルにも水をあげた方がいいかな、と思ったが、よく寝ていたので起こすのはためらわれた。まあいいか、と思った時、ハルの寝ているあたりのシートが黄色く濡《ぬ》れていることに気が付いた。「あ、」慌てて立ち上がった。シートはみるみるうちに黄色く染まっていく。

尿の匂いが、ツンとしてきた。急いで預かった介護グッズから、消臭スプレーを探そうとした。

違う。まず拭かなくては。ハルがお漏らしをした部分のシートを剝《は》がす。ハルの体を少しだけ宙に浮かせ、移動させた。

私の指に、ハルの毛についていた尿が数滴、滴る。

捨ててもいい古いタオルを持って来て、お湯で濡らして、ハルのおしりのあたりを拭いてやった。

尿の匂いと、動物園で嗅《か》ぐような匂い、つまり生きものの匂いが混じって、私の鼻を刺激する。

ハルを拭いてから、自分の手をしつこく洗った。

消臭スプレーを部屋に撒《ま》き散らした。それでもまだ匂いは微《かす》かに残っている。生きものの匂い。ひょっとしたらハルではなくて、私の匂いかもしれない。

兄《きょう》　弟《だい》

隣からの声がまたちょっと大きくなって、まいったなぁと俺《おれ》は本を閉じた。恭ちゃんと園にもらった本は、上巻の中盤に差し掛かっている。

少し前に、隣のベッドの「宮本さん」のところにお客さんが来た。髪の長い女の人だ。俺はベッドサイドのカーテンを開けっぱなしで本を読んでいたので、その人が入って来た時、ばっちり目が合ってしまった。お互い軽く頭を下げて、女の人は小走りで隣のベッドに向かった。

俺はカーテンを全部閉めて、また本を読みだした。

隣の「宮本さん」とは入院して三日目で、やっと二人とも起きた状態で顔を合わせた。

三十前ぐらいのさわやかな人で、学校の先生というより営業マンみたいな印象だった。

「高校生？」と聞かれたので、「はい」と答えたが、自分が学校の先生だということは言わなかったので、勝手に知っているのも感じが悪いかな、と思い、俺も黙っていた。

宮本さんとお見舞いの女の人は、初めは俺に気を遣ってくれたのか、小声で話していたのだが、だんだんと声のトーンがあがってきた。

どうもケンカとはいかないまでも、ちょっと言い争いをしているみたいで、「だから言ったじゃない」だとか、「何でいつもそうなの？」とか、棘《とげ》のある言葉が聞こえてくる。

部屋を出た方がいいな。俺はベッドから出た。と、同時に、コンコンとノックの音がして、「失礼しまーす」と忍の声がした。

俺はカーテンをさっと開けた。

「わっ、びっくりした」

忍が目を丸くする。

「忍、急いでる？　時間ある？」

勢いよく聞いた俺に、忍はひきながら答える。

「……別にあるけど……。どうした？」

「ちょっと付き合って」

俺は忍の腕を引っ張って、病室を出た。

昨日、担当の看護婦の浅野さんに、昼の間は屋上を開放していると聞いた。天気がいい日に行ってみようか、と思っていた。

忍と二人で屋上に出る。

天気は最高によくて、風もない。

安全のためと、自らダイビングをしたくなってしまう人の意欲を削《そ》ぐためか、かなり高い金網が張られていた。高いというより、二メートルほど垂直に伸びた後、内側に向かって、斜め四十五度ぐらいの角度に伸びて、妙な形で張られている。真ん中だけ屋根が破れた飼育小屋みたいだ。

俺は、小学校の時、校庭の隅にあったウサギ小屋を思い出した。

三年前に入院した時は、屋上は開放されていなかった。入院患者が気晴らしできるようにしたのだろうが、これではかえって圧迫感を感じないだろうか。

こんなに天気がいいのに、自分はこの金網の外の世界には行けないのだ。そんなふうに、詩人になった気分になる人もいるのではないか。

校庭の隅の小屋で、ウサギは何を考えていたのかな。俺もちょっと詩人になった。

なんだか青すぎる空が残酷に見えてきた。

二人でベンチに座った。

「俺さ、お前のこと脅してるみたい？」

忍が言う。俺と忍は身長は変わらないが、体重は十キロ違う。ただでさえ華奢《きゃしゃ》な俺は今病人の顔だし、忍の自称「無造作ヘア」はライオンのたてがみみたいに迫力あるし、確かにそう見えるかもしれない。

ちょっと笑うと、「笑うなよ」と言いながら、忍も笑う。

「何、屋上来たかったの？」

「ん。っていうか、隣のベッドの人が、ちょっとケンカ気味だったからさ」

「え？　家族と？」

「うん。奥さんか、彼女かなあ？」

「偉いね、お前。俺だったらわざと寝たふりして聞くのに」

忍がまた笑った。

「やっと顔見に来てやれたよ。悪いな、遅くなって。あ、もしかして来ちゃいかんかった？　こいつ来るとうるせーんだよな、とか思ってんの？」

こういうことを言うところが忍らしい。俺も乗ってやる。

「ホントだよ。せっかく静かに読書してたのにさあ」

「俺も好きで来てんじゃねーよ。でも優しくしとかないとさあ、将来お前に金借りに行けなくなるっしょ？　エリートさんにはひっついとかないとな。しっかり勉強して偉くなって稼げよー。で、俺におこぼれちょうだいね」

忍は俺に対してすぐこのテのことを言う。「俺と違ってお前は勉強できるんだから」初めのうちは、決して口にはできないものの、ひがみめいたものを感じて、そういうことを言われるのをうざったく思っていたのだが、高校を中退して働き出して、家にもお金を入れるようになってからの忍は、自分の生活に充実感が出てきたのか、同じような言葉を口にしても、そこに妙な含みを持たせなくなった。

自分は自分、行は行として、俺のことも認めてくれたようである。「お前じゃなかったら、真面目《まじめ》な優等生なんてつまんねーから嫌いだよ」笑ってそう言われたこともある。「個人的に付き合ってみるといいヤツ」はお互い様だ。

「っていうか、冗談なしで、倒れた時サンキュな。あと、雑誌の差し入れも」

「いえいえ、当然のことをしたまでですよ」

真顔で言った俺に、照れ隠しにか、忍は茶化す。また二人で笑った。

「あと、姉ちゃんがハル連れに行った時も。手伝ってくれてサンキュ、って姉ちゃんも言ってた」

「あ、そう？　へー。お姉さんお礼言ってくれたんだ。俺、嫌われてるかと思ってた」

「……愛想悪かった？　ごめん、あいつ人見知り激しいからさあ……。仕事になると嘘《うそ》みたいに愛想よくなるくせに……」

　他人と話す時の決してカンジよいとは言えない園の態度と、両親の離婚前の父親に対する園の反抗的態度を同時に思い出して、俺は慌ててフォローに入った。

「いや、別に愛想は悪くないけどさぁ……。ニコニコしてたし。でもなんかお姉さん、顔が笑ってても緊張してねえ？　まあそんな何回も会ったことあるわけじゃないけど。なんかそんなカンジ」

　誰にもスキや本音を見せたくない、とでも言いたげな園の表情。貼《は》り付いたような笑顔。目に浮かぶ。

「悪気ないとは思うんだけどね。なんかいつもしれっとしてんだよねー」

「でも、当たり前か。俺やおかんになんて会いづらいよなあ」

　忍や真奈美に、というよりは、父親にかもしれない。

「……俺の部屋とか昔はお姉さんが使ってたんだろ？　なんかそう思うとねえ……。でもお姉さん、ハルがお姉さんのことわかったみたいでさ、ちょっと嬉《うれ》しそうにしてたよ」

「あー、うん。電話でも言ってた」

　ハルの様子を聞きに電話をした時、珍しく素直に嬉しそうだった園の声を思い出す。

　その声を聞いて、園に預けたのは、園のためにも正解だったかも、と俺は思ったのだった。もちろん頼む立場で、更に姉である園にはそんなことは言えなかったが。

「でもお姉さん、仕事してて独り暮らしで、大変だなあと思ってさ。やっぱり俺がやるべきだったかなあと思って。何かあったらすぐ言って下さい、とは言ったんだけど。俺さあ、お前にはすごい悪かったんだけど、ハルがあそこまでって思ってなくて。最近仕事の後遊び歩いてっからお前の部屋入ってなかったじゃん？　あん時入って結構びっくりした」

「だよなあ……」

学校から帰って来て、ハルの排泄物《はいせつぶつ》を片付けたり、床擦れしかかっている部分に薬を塗ったりしていると、俺はよくハルを拾った時のことを思い出した。散歩にも連れて行く。エサの世話もちゃんとする。いつか死んでしまうこともちゃんと覚悟する。両親に園とそう約束して、ハルを飼うことの了承を得た。子供ながらに、本当に俺はその時覚悟したのだ。だけど、こういうハルの状況は想像していなかった。自分で立ち上がることもエサを食べることもできなくなって、排泄物に床擦れ。それでもまだちゃんと生きている。

「でもさ、ハルは俺の犬だから、俺が世話するのは当たり前だからさあ。そんな悪いって思わないでよ。それに姉ちゃんは、俺が入院する前からハルしばらく預かろうか？　って言ってたの。……なんか、ハルのこと捨てちゃったって気持ちがあるみたいでさあ。だから本人も嬉しいと思うんだよ。電話した時にも嬉しそうだったし、本当に」

　俺がそう言うと、忍は俺の顔をじっと見て言った。

「……うん、じゃあいいんだけど。でもホント、なんか助けられることあったら言えよ。えーと、ん？　なんて言うんだっけ？　あのー、とりあえず言ってるんじゃなくてさ。本気で言ってるからな、俺。何だっけ？　お世辞じゃねえよなー」

「は？　お世辞？　何？」

「だからあ、言うのが普通だからとりあえず言うんじゃなくて……。まあいいや。わかんねーから。とにかくお前は気ィ遣い過ぎだから、いつも。そうそう、今日はそれを言いに来たんだよ」

「え？　何を？」

「昨日、親父とおかんが話してたの。お前の進路のことで。俺、よく知らないからわかんねーけど、何？　お前大学の希望変えたんだって？」

「……え？　何で知ってるの？」

　二年生の時に希望を出していた私立の大学を、三年生になってから国立に変えた。だがまだ父親も真奈美も知らないハズだ。最終的に決めたわけじゃないので、担任にしか話していないのだ。

「何か入院の報告とか手続きで、おかんが先生に会って聞いたらしいよ」

忍が説明する。

「でさぁ、二年生の時にその私立の大学に彼女と一緒にお前が見学行ったって？　そこが気に入ってたハズなのに、何でお前急に変えたのかなぁって話になって。お前のことだから国立の方が金かかんないからって気ィ遣ったんだろ、ってことになったの。私立の方だと通えない距離なんだろ？　そうすると一人で住むのにまた金かかるし、ハルのことも気にしてんだろうってことで」

彼女とは、なっちゃんのことらしい。

「……彼女じゃねーよ。それに……」

言いかけた俺を忍が制止する。

「だけどぉ、親父もおかんも、金ないわけじゃないし、ハルだって三人で協力すれば俺らで面倒みれるんだし。……ぶっちゃけハルはさあ、お前が大学入学するまで生きてない可能性もあるじゃん？　だから、お前が自分で面倒みたいのもわかるけどぉ、そのことで行きたい大学行かないのはどうなのよ？　って言っててぇ。俺もすげーそう思うの。俺だって学校辞めちゃって好き勝手にやってんだからさあ。お前も好きなようにした方がいいって。せっかく頭いいんだからさ」

「……あのさあ、一応国立の方が受かるのは大変なんだぞ？　普通は上目指せって言うじゃん」

俺が言うと、忍がまたたたみかけるように言う。こういうところは真奈美に似ている。

「でもほら、学校の雰囲気とかあんだろ？　で、そっちに行きたいと思ったならさあ、金は甘えればいいじゃん。お前、親に振り回されてきたんだからさ、今まで。離婚とか再婚とか……。行はわがまま言わないから困る、好きなことさせてやりたいって言ってたよ、昨日。二人とも。おかんのピアノの給料もあるし、俺も金入れてるし、別に金に困ってないだろ。大学ってどのくらい金かかんのか知らないけどさ」

真奈美は俺の父親と結婚する前、ピアノの教師とパートで生計をたてていたらしい。忍の父親とは、忍が二歳の頃に離婚して、忍は実の父親の顔は覚えてない、という。

俺の父親と再婚してからは、真奈美は初めは店を手伝っていたが、俺が高校に入った年から週に三度、ピアノ教室に出張で教えに行くようになった。その分、店のバイトを一人増やしたが、差し引きしても我が家の収入は増えたようだし、真奈美も外に働きに行くのは楽しそうだった。俺が私立大に進学するお金がないわけでは確かにないだろう。

「……金とかハルのせいだけじゃないんだけどさぁ……。でもまだ最終決定したわけじゃないんだよ。……だからさあ、この機会にゆっくり考えようかなあとも思ってたの」

「……うん。まあそうだな。ゆっくり考えろや。……とにかく、変に気ィ遣って遠慮はすんなーって言いたかったの」

「……うん。サンキュ。心配かけちゃったね、忍にも。悪いなあ」

「だからぁ、そういう気の遣い方すんなっての。普通だろ、俺がお前の心配するのは。家族だし……、結構なあ感謝してんの、行には」

忍が照れながら口ごもる。本当に恥ずかしそうにしてるので、俺までつられて焦ってしまった。ごまかして笑いながら聞いてみる。

「え？　感謝って？」

「……俺の友達とかさあ、バカなヤツ多いじゃん？　勉強できるやつらは、親の言うこと我慢してきいてぇ、反抗したりとか？　自分の好きなこととかやれなくて、真面目に勉強してるつまんないヤツとか根性ねえヤツってバカにしてたりすんのよぉ。……俺もちょっとそう思ってたんだけどぉ、前は。でもお前って違うじゃん？　根性ないから仕方なく勉強してるんじゃなくて、したくてしてるし、それ見てたら別にダサくねえなあって思って……。俺が車いじってんの好きみたいに、行は勉強が好きなんだろうなあって思ったの。っていうか、お前いなかったらそう思ってないから、なんつーか世界が広がったっていうか……」

　そこまで言って忍は黙った。妙な間が流れる。俺は考えながら口を開いた。

「……うーんと、ありがとね。忍が車好きなほど、俺勉強好きでもないんだけど……。あんまり、勉強することに違和感感じなかっただけかも。当然するもんかなぁと思ってた。で、やってみたら結構成績よかっただけで。自分で言うなってカンジだけど。でもまあ、俺も思ってたよ。忍が学校辞めちゃった時、逃げんなよってちょっと思った。でも働き出してから、すっげえ何か頼もしくなったじゃん？　ああ、辞めることがプラスになる人もいるんだなあって。じゃあそれ逃げたことになんねえなあって」

「……サンキュ。でもいっぱいいるかも。やっぱり逃げただけのやつ。そういうヤツが行みたいなのをケッて思ってるかも」

「じゃ、勉強ばっかしてるヤツの中にもいるな。根性ねえから仕方なく良い子にしてるヤツ？　そういうヤツが忍をケッて思ってるかもね」

　二人で笑った。なんかすげー恥ずかしい会話してないか？　と思ったが嬉しかった。

「俺もう行くわ。あんまり二人で長くいると今度はホモかと思われるぞ。絶対兄弟には見えないし。当たり前だけど」

「じゃあ俺も戻ろうかな。もうケンカ終わったかなあ、お隣」

　立ち上がって、前を歩く忍の背中に俺は言った。

「忍、あのさあ、とりあえず大学見学一緒に行ったのは彼女じゃないから。同じクラスなだけだから。あと、さっきの、お世辞、わかった。多分。社交辞令、だろ。きっと」

「辞」しか合ってねーじゃねえか、と思いながら得意げに笑ってやった。忍が振り返って、「そうそう、それ」と言う。

「……な？　行と付き合ってると世界が広がるんだって」

感情より先に顔がにやけた。嬉しい、と素直に思った。

俺はまた空を見た。今度は、金網越しでもキレイな青だった。

時間稼ぎに、忍を病院の入口まで送ってから、病室に帰った。

自分の部屋に戻るのにノックはおかしいかな、と思いながらも軽くノックして病室に入る。カーテンが閉まっていたが、影がないので宮本さんのお見舞い客が帰ったのがわかった。安心して自分のベッドに入った途端、隣から「佐々君？」と話しかけられた。

「はいっ」驚いて大きな声が出た。ベッドを隔てているカーテンを宮本さんがさっと開け、お互い上半身をベッドから起こした状態で顔だけ向き合った。

「ごめんね。気ィ遣ってもらって。ありがと。席外してくれたんだよね？」

顔の前で手を合わせて、宮本さんが言う。

「あー、……いえ、えーっと、家族の方ですか？」

何を言ったらいいかわからずに、思わず思ったことを口にしてしまった。言った途端に後悔した。

「……家族、ではないなあ」

宮本さんは苦笑いした。

「あ、そうですか……。まあ色々ありますよねえ……」

また後悔。年上の人に対して生意気だった。

「ははっ。そうそう、色々あるんだよね。この年になると」

宮本さんに怒っているふうはなかったが、俺は謝った。

「すみません。失礼でした。今の」

「ん？　いや別に……。さっきの子は友達？　連れ送って行く時にちらっと見たよ」

気分を害したふうもなく、俺はホッとした。

「ライオンみたいなのですか？　兄です」

「へぇー。随分タイプ違うね」

「そうなんですよ」

笑って言うと、宮本さんは俺以上にニヤリ、と笑った。

「この間一緒に廊下歩いてた女の子は？　彼女？　佐々君にまだ会う前だったんだけ

ど、目立ってる女の子がいて、オッて思ってたんだ。で、佐々君に会ったらその子と一緒にいた子じゃん？　オオッて思って」

オオッの時に、驚いた顔をするのが可笑《おか》しかった。

「背の高い細いのですか？　あれは姉です」

「ああ、お姉さんなんだ。年上かとは思ったけど……。えー？　なんか随分お兄さんもお姉さんもみんなタイプ違うんだね」

「そうですよね」

「みんな年近いの？　いいなあ、俺兄弟いなかったからなあ」

「兄貴は今年二十歳《はたち》です。まだ十九だけど。姉貴は……もうすぐ二十三ですね。宮本さんっていくつなんですか？」

「俺？　二十八。佐々君は高三だっけ。学校って楽しい？」

「ええ、まあそうですね……」

「俺学校の先生なんだよね」と、続いてもいい会話だったが、宮本さんは何も言わない。

だけど、そう思って聞くからか、先生の視点の質問だ、と思った。小学校に入学したての子供にならともかく、普通の二十八歳の男は高校生に、「学校が楽しいか？」などと改めては聞かない気がする。

しかし宮本さんが言わないので、先生だということを知っていることが言い出しにくくなってしまった。俺は仕方なく適当に相槌《あいづち》を打っておいた。

ピンクの魔女

オープン前のデパートを見まわして、鏡張りになっている壁で、制服の帽子の角度を少し直した。営業用スマイルの確認もする。我ながらすごい化け様だ。

朝起きた時の、鏡に映った私の姿。寝癖のすごい髪に、半分しか開いてない目。染みや肌荒れも目立っていた。

それが二時間後には、こんなにかわいい制服を着て、営業スマイルも完璧《かんぺき》だ。

こういう時、女でよかったと、心から思う。化粧は魔法だ。

正面入口にはもうパラパラとデパートが開くのを待っている客がいる。その後ろの方に、鮮やかなピンク色の服を着た魔女の姿が見えた。

「そっか。今日水曜日だったね」

隣に立っている先輩が、私に小さく耳打ちをする。

「そうですね」

魔女が私達の方を見て、にっこり笑顔を作り、軽く手を振った。私も先輩も無言で笑顔を返した。

職場で彼女は「老婆《ろうば》」だとか、水曜日にやって来るので「水婆《すいばば》」だとか呼ばれていた。ただ誰にも言わないが、私は彼女のことを「魔女」と呼んでいる。

彼女は毎週水曜日になると、開店と同時に私のデパートにやって来る。いつも必ずピンク色の服を着ているのだが、毎回同じ服なわけではなく、毎回違う、しかしピンク色の服なのである。一体彼女の家には何着のピンク色の服があるのだろう。

ピンクの魔女は、小柄でガリガリに痩《や》せている。痩せすぎで寒いのか、彼女は夏でも、ピンク色のワンピースの上に、ファーの付いたコートを着ていたりする。さすがにコートは二、三着しか見たことはないが、それでもやはりピンク色だからえらいものだ。

厚着しているので、顔と手の甲しか見えていないが、それだけでも彼女の痩せ具合はよくわかる。頬《ほお》も顎《あご》も、皮膚の上から骨がくっきりと浮いて見えるし、目は落《お》ち窪《くぼ》んでいる。口そのものが大きいわけではないのに、痩せているので、笑うと口裂け女のように口の両端がとがって見える。肉がないので、顎には歯茎の形さえ浮かんでいた。手の甲には骨だけでなく、血管もくっきりと浮かびあがっていて、手首にしているディオールのピンク色の革ベルトの腕時計は、ゆるくて彼女が手を動かすと、かちゃかちゃと音を立てて揺れる。

その痩せすぎの体のせいで、彼女はとても老けて見える。だから彼女は「老婆」などと呼ばれているのだけれど、私は彼女の運転免許証を見たことがあるので知っていた。彼女はまだ四十歳なのだ。私の母親よりもずっと若い。

だから私は、彼女を「魔女」と呼んでいた。彼女の皺《しわ》だらけの顔や奇妙な姿は、子供の頃読んだ本に出てきた、魔女を思い出させた。

魔女は毎週水曜日、オープンと同時に店に入って来て、一階から十階まで、全ての階をくまなく見てまわり、「この店は本当にステキねえ」だとか、「この店がなくなったら、私は淋《さび》しくて死んじゃうわ」だとか従業員に話しかける。そして服はもちろん、貴金属から家具から雑貨から、女性の下着はもちろん、紳士服や紳士の下着まで、ピンク色の物を見つけると駆け寄って行って、「これ私に似合うかしら？　どうかしら？」と手に取ってそこの販売員に話しかけ、「お似合いですよ」と販売員が仕方なく言うと、一日に最低でも二つか三つの売り場で、シャネルの財布から豪快に札束を出して品物を買い、紙袋をたくさん抱えて、昼過ぎには帰って行く。

彼女が「正常」の域を越えてしまっているのは誰の目にも明らかだが、お金はちゃんと払って行くし、従業員に話しかけるだけで、他の客に迷惑がかかっているわけでもないので、どうすることもできない。むしろ身なりやピンク色の物しか買わないという奇抜さを除けば、常連のお得意様なのである。

従業員の見解は、大きく二つに分かれている。うっとうしいし気味が悪いので、話しかけられても極めて淡々と接客するタイプと、彼女の奇行に同情し、憐《あわ》れみの気持ちから彼女に優しく接して、接客時間が長引いてしまうタイプだ。

ただ後者のタイプは、大抵、休憩室で話題がなくなると、彼女の人となりや、生活背景の推測話で盛り上がっている。

結局、彼女がここに通い始めて、もう一年半ぐらいになるのだけれど、誰も彼女がどこに住んでいて、何をやっている人なのか、どうしてそんなにお金があるのか、何が彼女を、「異常」にさせてしまったのか、知っている人はいなかった。彼女は謎《なぞ》のまま、このデパートの水曜日の風景になっている。

ただ一人、多分私だけが彼女の本名と年齢を知っていた。

それは彼女がある水曜日、全ての階を見終わって、いつものように紙袋を抱えて、一階の私の持ち場である総合受付カウンターの前を通った時だった。

「今日もいっぱい買えたわ。ホントにここは大好きよ」

彼女が私に話しかけた。接客していないのは、まわりで私だけだった。

「ありがとうございました。また是非お越し下さいませ」

きっちりと腰を曲げ、笑顔でお辞儀をして見せると、彼女は急に、その痩せすぎのピンク色に包まれた体を、私に近付けて言った。

「私ね、いっぱい服を持ってるんだけど、一番気に入ってる服は、大事な時にしか着ないことにしてるの。あなた見たい？　私の一番気に入ってる服」

彼女の香水がふわっと香った。私は香水には詳しくないからわからないが、彼女の香水はやはりピンク色の液体なんだろうか。つんとした鼻でクシャミをこらえながら、一瞬でそんなことを考えた。

「……ステキなお召し物なんでしょうね」

どうしていいかわからずに、とりあえずそう言った。

「あなたには見せてあげたいわ。あなたがこの中で一番ステキよ。みんなキレイにしていても、私にはわかるの。あなたが一番よ。私もここで働いてたの。だからわかるの。あなたは私みたいになれるわ。あ、そうそう。その服を着てる写真があるわ」

そう言って彼女は、持っていた紙袋を床に置き、ピンクのコーチのハンドバッグから、ピンク色の定期入れを取り出した。それを広げて、「ほら」と私に見せる。

その定期入れは、二つカードが入るようになっていて、一つの方に、パリの凱旋門《がいせんもん》だろうか。その前で、ピンク色の仰々しいドレスを着ている魔女が写っていた。

彼女の見せたかったのはそちらだろうが、私はもう一方に入っていたものに目を凝らしてしまった。それが運転免許証だった。

免許証にも、やはりピンクのシャツを着た彼女の上半身が写っていて、氏名のところには、「中野智子」と拍子抜けするくらい平凡な名前が書かれていた。生年月日に目が行ってしまった私は、反射的に彼女の年を計算した。

「ステキでしょ？　この服。昔パリに行った時の写真よ。大丈夫。あなたはステキよ。いつかこういう服が似合うようになるから」

そう言って、彼女は嬉《うれ》しそうに、私の手を取って、はしゃいだ。そして定期入れをバッグにしまい、置いていた紙袋を抱え直し、「またね」と出口に向かった。

私は少し惚《ほう》けていたのだが、すぐに体勢を整えて、「ありがとうございました」と、きっちり頭を下げた。

私の頭はフル回転していた。たった今入ってきた色々な情報を、整理できずにいた。計算し終わった彼女の年は、まだ四十歳だった。彼女は「ここで働いていた」と言った。「この中であなたが一番ステキだ」と私に言った。「あなたは私みたいになれる」とも言った。

免許証の名前と生年月日以外は、すべて思いつきのでたらめかもしれない。どこでも、誰にでも言っているのかもしれない。だって彼女は「異常」なのだ。

しかし彼女の年齢と名前がわかったことは、休憩室のかっこうの話のネタになる。同僚達がその気になれば、名前から「ここで働いていた」のが本当かどうかも調べてしまうだろう。

でも、私はこの出来事を、未《いま》だに誰にも話せずにいた。何故《なぜ》だろう。免許証を盗み見たことに後ろめたさを感じたのだろうか。「異常」な人を暇つぶしのネタにしてはいけないと思ったのだろうか。


オープンの時間になって、中央玄関が開けられた。

「いらっしゃいませ」

私を含み従業員は、きっちり角度を揃《そろ》えて挨拶《あいさつ》をする。

魔女が第一陣のお客達の最後尾を歩いて来た。私は笑顔で頭を下げる。

「今日もいい天気ねえ。桜は散っちゃって淋しいけど」

魔女が言う。そうか、桜もピンク色だ。

あれ以来、魔女とは特に何もない。いつものように、毎週水曜日、魔女はやってきて私達に話しかけ、戦利品を抱えて帰って行く。

彼女が私の前を通った時、彼女の香水が私の鼻を刺激した。これだけはどうしても慣れない。

意気揚々と、まずは一階を見てまわる魔女のピンク色の服を見ながら、「異常」と「正常」の境界線はどこなのか、とふと思った。

お金があるから買い物をする。ピンク色が好きだから、身につける。旅行にお気に入りの服を着て行く。それって全然普通じゃないか？

あの驚くほどに痩せた体。多分彼女は満足している。でもそれだって全然普通じゃないか？　女は全てとまでは言わなくても、ほとんどの女は「痩せたい」と思っている。

現に彼女の生活には、免許証の更新に行くという、「正常」なことも存在するのだ。じゃあどうして私達は、魔女を「異常」だと思っているのか。

あの時の彼女の言葉を思い出す。「あなたは私みたいになれる」確かに彼女は、私に向かってそう言った。

アパートに帰って玄関を開けると、生きものの、ハルの匂《にお》いが鼻を刺す。ハルが動いたのか、床に敷いてあるシートがぐちゃぐちゃになっていた。真ん中あたり、今朝《けさ》ハルを寝かせたあたりが、尿で黄色く染まっていて、糞《ふん》が撒《ま》き散らされている。

ハルは部屋の隅の方で、横になっていた。ぐちゃぐちゃになったシートを直そうと引っ張ると、ゆっくりと目を開けた。虚《うつ》ろな目で、私を見ている。

「ただいま」と私は呟《つぶや》いた。

部屋着に着替えてから、シートの汚れた部分を取り替えた。ハルの下半身を確認する。排泄《はいせつ》をした後に、自分でその場所から頑張って移動したのだろう。汚れてはいなかった。頭を撫《な》でてやると、「フンッ」と少しだけ鼻を鳴らした。目は虚ろなままだ。念のため、タオルをぬるま湯で濡《ぬ》らして、下半身を拭《ふ》いてやった。ハルは嫌がらずに、されるがままになっている。

その痩せ細った肢《あし》は、触るとはっきりと骨の感触が伝わってくる。子犬のころはぬいぐるみみたいだったのが嘘《うそ》みたいだ。

魔女の、骨の形や血管が浮き上がっている手や顎を思い出す。

手を洗いに行こうと立ち上がった私の体が姿見に映った。上下ゆったりしたトレーナーだが、その下の体がとても細いのは、服の上からでもよくわかる。

「水原さんはどうしてそんなに細いんですか？　うらやましい」

職場の休憩室で、よく同僚達に言われる言葉だ。

そのチョコレートを食べるのをやめたらどう？　その揚げ物ばっかりのコンビニ弁当をやめたらどう？　そのコーヒーに砂糖とミルクを入れるのをやめたらどう？

一度本音でそう言ってやろうか。どんなふうに顔を引《ひ》き攣《つ》らせるのか。面白いかも。

しかし私はバカではないから、

「そんなことないですよ」といつも適当に返す。

けれど私が出て行った休憩室で、

「でも、あれはちょっと痩せ過ぎよね」

と、彼女達が話しているのも、私はちゃんと知っている。私はバカではないのだ。姿見に向かって、笑ってみた。

魔女の顔をまた思い出す。まだ私の頬骨は浮き出ていない。歯茎の形も浮き出ていない。

魔女のつけている香水が、西野めぐみの香水より苦にならないのはどうしてだろう。魔女と長い間話していると、あとから手だけではなく、体も洗いたくなるほど彼女の香水は強い。しかし不快な無神経さや図々しさを感じない。

小学校の頃の学芸会で、一番背が高いからという理由で、白雪姫の魔女の役をさせられたのを思い出した。

黄色や赤のかわいい色の衣装を着る白雪姫の役の子を見ながら、私は真っ黒の魔女の衣装を着て、「魔女の方がかっこいい」と思った。たまたま美人に生まれついて、誰からもかわいがられている白雪姫より、自分の手で、「この世で一番美しい」地位を取り返そうとした、魔女の方が。

それは決して、負け惜しみではなかったと思う。

体を支えてハルにエサを食べさせて、その後で自分の夕食を作った。冷蔵庫に、ほうれん草と鮭《さけ》が残っていた。ほうれん草はお浸しにして、鮭はレンジで蒸すことにした。グリルで焼くと洗うのが面倒だし、ムニエルにするとカロリーが高くなる。

箸《はし》を持った時、ケータイが鳴った。画面には「非通知設定」と出ている。

「もしもし？」

出ると、電話はプツッと切れた。

それからベッドに入るまで、同じような電話が九回かかってきた。

私のケータイの着信履歴は、十件、「非通知設定」で埋められた。

なっちゃん

夢を見るのは、眠りが浅いからだと聞いたことがある。本当は人は毎日夢を見ていて、でも眠りが深いとそれを忘れてしまうらしい。だから夢を見たことを覚えているのは、眠りが浅い証拠だという。

それでいくと、俺《おれ》の眠りはいつも浅いということになる。ほぼ毎日夢を見ている。今日は英語の単語帳を、横になりながらダラダラ見ていたら眠ってしまったらしい。夢を見た。

飛行船の夢ではなかったから、熱はないようだ。

俺はなっちゃんと、花屋の前で迷っていた。誰かにあげるのかなんなのか、よくわからないが、花束を買わなければいけないらしい。二人でどの花を選ぶか迷っている。

「どれもキレイだから迷っちゃうね。キレイに咲いてるのに選ばなかったら、その花がかわいそうだし……」

なっちゃんが、スマップの歌の歌詞みたいなことを言う。でも、夢の中の俺は気付いている。なっちゃんが一番端っこの白い花を何度も見ていることに。

「行ちゃんはどれが好き？」

なっちゃんは俺を振り返る。

「うーん。とりあえずこれ」

と、悩んだふりをして、なっちゃんが何度も見る花を、俺は指す。白くて、妙な形をしていて、見たこともない花だ。多分実際には存在しない。

「そっかぁ。行ちゃんがそう言うなら、それにしようか」

なっちゃんはしれっと言う。俺は苦笑いしながら、でもなっちゃんが本当は嬉《うれ》しいだろうからいいや、と思った。

「菜の花も買おうか」

なっちゃんが言う。

「菜の花なんて売ってないだろ」

俺は言う。

「あるよ、ほら」

なっちゃんが指差した先は、そこだけ野原のようになっていて、確かに菜の花がたくさん咲いていた。

よく見ると、その小さな野原には、一点だけ菜の花が倒されている箇所がある。

「何かいない？　あそこに」

そう言って、その一点を指差したのは、なっちゃんから園に変わっていた。

園がそこに近付く。「あ、」と小さく言って、何かを腕に抱える。

「行、子犬だよ」

園はそう言って犬を抱いて、俺の方に戻って来る。

しかしそれは子犬ではない。ヨボヨボの老犬だった。毛並みもバサバサで、あちこちにただれた皮膚が見える。ハルだ。

そう思ったところで目が覚めた。

なっちゃんが立っていた。

「……起きた？」

へらへら笑って、なっちゃんが言う。学校帰りらしい。制服を着ている。

「……いつからいたの？」

寝転がったまま聞くと、「さっき」とまたへらへら笑って自分で椅子《いす》を引いて座った。

「寝てるからどうしようかなあって迷ってたら起きた」

「俺、寝言言ってなかった？」

やっと上体を起こして俺が聞くと、「へ？　そんなことないよ」と言ってなっちゃんはきょとんとした。安心した。

「昨日、野口君たちが行ちゃんのお見舞いに行くって言ってたから、てっきりノートとか持ってってあげたんだと思ったら、今日聞いたら、誰も持ってってないっていうから、なんじゃそりゃ？って思って。だから持ってきたよ。私が」

なっちゃんはいつも落語家のように、流れるように話す。面白くて好きだが、そのキレイな顔には似合わない。

「ありがとう」

なっちゃんが差し出すノートのコピーの束を、卒業証書を受け取るように俺はありがたく頂いた。

「今さ、なっちゃんの夢見てた」

そう言うと、また「へ？」と間の抜けた声を出す。

「行ちゃんさあ、夢に誰か出てきたら、出てきた人が、夢を見てる人のことを好きらしいよ」

「へえ？　そうなの？　じゃあなっちゃんが俺のこと好きってこと？」

俺は笑って言った。

「そう。だから行ちゃんは今ここで赤くなるべき」

そう言ってなっちゃんは笑う。なっちゃんのこういうところが俺は好きだった。

「でもそれって図々しい解釈だよね。普通は夢を見てる人がその人を好きだから見るって思うんじゃ……」

「うん。まあ本当はそっちが正しいでしょう。でも源氏物語ではそう言うんだよ。あそこに出てくる女の人ってみんな暗いのに、なんだろう？　そんなとこだけ随分プラス思考だよね」

「でも、夢を見てる人がその人のことを好きなんだったら、俺がなっちゃんのこと好きってことだよね」

「そうだね。じゃあ私は今ここで赤くなるべき？」

こんなとてつもなく下らない会話を、なっちゃんとならどれだけでも話していられそうな気がする。そして、時々なっちゃんお得意のミニ知識も習得できるから楽しい。

なっちゃんとの会話を楽しみながらも、俺はちょっとビクビクしている。志望校を変えるかもしれないことを、まだなっちゃんに話していないのだ。

「何にでも反応するアンテナ」を持っているなっちゃんだが、今のところ、そのアンテナが一番反応するのは、建築物に関してだった。

園には「変なノート」と言われてしまったが、雑誌で見かけた変わった形の美術館、教会、家などの記事を切り抜いてスクラップしていたりする俺だが、なっちゃんはレベルが違って、子供の頃から自分の家の設計図を描いてみたり、法隆寺の夢殿をどうしても見たくて、貯金をはたいてはるばる奈良まで行ってみたら、他の奈良の建造物もどうしても見たくなって、まだ中学生だったのにビジネスホテルに何泊もして家に帰らず、親に死ぬほど怒られたとか、そんな伝説を持っていた。

だから随分前からなっちゃんは、「勉強したいことは死ぬほどある」のだけど、大学で建築の勉強をすることに決めていた。

そして俺も、「まあ建築かな」という程度には、進路を決めていたつもりだ。

だから二人で、建築系希望の学生らしく、隣街にできた一風変わった美術館の設計者が、最近人気が出ている日本の若い建築デザイナーだと知って、足を運んだこともある。

絵をあまり見ず、建物の構造ばかり気にして、上を見てはこそこそ話す俺達を見て、まわりは変なカップルだと思ったことだろう。

その美術館は、大きな吹きぬけの本館に始まって、空中廊下を渡った先の別館は、建物の真ん中をストンとくりぬいて、そこに日本庭園が造られていたりと、少し開放的すぎて、かえって俺はいまいち落ち着かなかったのだが、なっちゃんはハマってしまった。

そしてそのデザイナーが、東京の私立大の講師をしているということを知って、その大学のオープンキャンパスに、なっちゃんは目をキラキラさせながら、俺の袖《そで》を引っ張って乗り込んだ。半ば強引に連れ出された俺だったが、大学の雰囲気はホテルのようにピカピカでもなければ、ボロい木造でもなく、いいカンジにさびれていて、ここで大学生活を送るのもいいかもな、と俺も気に入っていた。レベルも頑張れば合格圏内。なっちゃんと一緒にここに通うのもいいな、と少し前まで漠然と思っていたのだった。

「ところで聞きたいことがあったのよ」

さんざんくだらない話で盛り上がった後、なっちゃんが少し真面目《まじめ》な顔で俺を覗《のぞ》き込んだ。ひょっとして、と思ったけれど、

「何？　真面目な顔してさあ」

と、とぼけて見せた。

「志望校変えたの？」

やっぱり。担任のヤツロが軽くないか？　そう思いながらも、約束したわけじゃないとはいえ、なんとなく二人であそこを目指す、という雰囲気になっていたから、いつかなっちゃんには言わないと、と思っていたので、ちょうどいい、といえばいい。

「決定したわけじゃないんだけどさ」

「……国立にするって、お金の問題？」

「……いや。親は私立でも国立でも好きにすればいいって言ってくれてるんだけどね」

「じゃあ……、介護のワンコのこと？」

「いや、ハルのことは何とでもなるんだけど。今も姉ちゃんに頼んでるし」

「……じゃあ何で？」

あまりにまっすぐになっちゃんが俺を見据えていて、なんだか俺は叱《しか》られているような気分になった。

「うーん……。一番を目指すのもありかなあと思ったんだよね。今入院しちゃったから微妙だけどさ、国立だって今から目指せば絶対無理なわけじゃないし……。無理かもしれないけど、やってみるのもいいかなぁと」

「一番って……。建築科だけ見たら、国立よりあっちの方が内容は充実してると思うよ、って、行ちゃんも言ってたよね？」

「そうなんだけど……、建築関係の仕事に就くかとかはまだわかんないし……。広い意味で考えたら、国立の方がいいのかなぁとか少し思ってるんだよね」

「……質より名前を取るってこと？」

責めるような目で言われて、俺も少しカチンと来た。

「そういう言い方すんなよ。そういうわけじゃないけど、自分のやれる範囲の中で、一番最高を目指すって悪いことじゃないでしょ？」

「一番になりたいってこと？　それってやっぱり質より名前取ってるように思うけど」

「うーん……。そうかも知れないんだけど、そういうわけでもなくて……。上手《うま》く言えないんだけど……」

俺は自分にイライラしてきた。胸の奥の方にある自分の感覚を上手く言葉にできない。

「……中学の時にさあ、数学の先生でいたじゃない？　テストでいい点取った順番に席決めるヤツ」

「ああ、いたねえ」

なっちゃんが言う。

「私、あれっておかしいと思う。必ず最後の人って出てくるじゃない？　でも最後の人だって努力しなかったわけじゃないかもしれない。一番取った人と同じくらい勉強したのかもしれないよ。でも元々持ってる能力の差があるから……。大事なのってさ、人に勝つことじゃないでしょ？　自分の中で百パーセントの力を出すってことじゃないの？」

「……だからあ、俺は百パーセント出して、国立目指そうって思ってるんだよ」

「行ちゃんは本当は前から三列目の席が一番見やすいから、そこに行くべきなのに、そこだと一番じゃないから、本当は一番前は居心地悪いんだけど、プライドとか他の人に俺は一番だぞーって言うためにとか、それとか自己満足？　そういうことのために一番前の席に行きたいって言ってるように聞こえる。さっきの数学のテストで言うと」

「……なっちゃんさあ、俺がそういう人だと思ってるの？」

「……思ってなかったよ。でも今行ちゃんが言ってるのってそういうことだと思う」

そうなのかもしれない。なっちゃんがあまりにきっぱり言うので、何だかそんな気になってきてしまった。でもそう思う端から、違うだろ、そうじゃないだろう、とも思う。

「……どこの席に行きたいのか俺はわかんなくなっちゃった」

俺はぼそっと呟《つぶや》いた。

「へ？」

「……なっちゃんは前から三番目の席に行きたいっていう強い希望があるだろうけど、俺も多分三番目がいいだろうなー、と思いつつ本当にそうかな？　って思っちゃってる」

「……建築やりたかったんじゃないの？」

「やりたかった。いっぱい学科が書いてある紙があって、この中で何を勉強したい？って聞かれたら、いまでも建築って答えるよ。でも、何にも書いてない紙に、何がしたいか書いてって言われたら、俺はそこに建築とは書けないかもしれない」

俺の口は、急にスラスラと喋《しゃべ》り出して、今度は止まらない。

「なっちゃんはいっぱい知りたいことがあって、いろんなことに興味があって、その中で建築にすごいハマってて、だからそれを勉強しに行くってすごい強く思ってるんだよね？　それは多分すごくいいことだし、はっきり言って羨《うらや》ましい。でもさ、なっちゃんみたいに自分が何がやりたいのかとか、何にハマってるのかはっきりわかってるヤツなんてそんなにいないと思うんだよ。もしかして、何にも一生ハマれない人だっているかもしれないし。うちのクラスだって、第一希望は薬学部だけど第二希望は経済学部とか……。例えばそんなヤツいっぱいいるって」

「それはわかるよ。……でも、私は行ちゃんはそんなヤツじゃない、って思ってる」

「そんなヤツって……。俺は別にそういうヤツらが悪いとかは全然思ってないよ。なっちゃんみたいに、やりたいことがある人には信じられないかもしれないけど。俺は……、建築がやりたいけど、他のことがやりたくなった時のために、よりレベルの高い大学行っておいた方が可能性が広がるかなぁと思ったの。まあそんなこと言っておいて、受かるかどうかわかんないんだけど。それにまだ決定じゃないし。今からも考えてやっぱり私立を本命にするかもしれないけど」

なっちゃんは黙っている。座っている自分の足元を見て、口元をきゅっと結んでじっとしている。

「なっちゃん、あの……」

言いかけた俺を無視して、なっちゃんが勢いよく顔を上げて言った。

「行ちゃんさあ、じゃあ、今白い紙に何をしたいか書いてって言われたら、何て書く？」

「……大学に行きたいですって書く。括弧《かっこ》して、自分が何がやりたいかまだわかってないので、今一番興味のある建築を勉強しながらよく考えたいです、って書く」

「……今日は帰る」

のっそりと、なっちゃんが立ち上がる。

「ごめん。ケンカするつもりはなかったんだけど」

「私が悪い……かもしれない」

「えーと……」

「私自身の考えは、変えない。でも、他人は……ってのは行ちゃんの言う通りなのかな？　なんかわかんない。わかんなくなっちゃった」

「ごめん、俺が……」

「いい、いい。今日は帰る。ちょっとゆっくり一人で考える」

「送ってくよ、下まで」

「いい。行ちゃん病人だし。怒ってるんじゃないから。ホントにいい」

プルプルッとなっちゃんは頭を振って、「じゃあ！」と明るく言って、大げさに手を振って、病室を出て行った。

俺ははあっと大きな溜息《ためいき》をついて、勢いよくベッドにどかっと倒れ込んだ。

「いてッ」

頭に何か当たった。英語の単語帳だった。そう言えば読みながら寝てしまったんだった。なっちゃんの夢を見たんだった。

はあっともう一回溜息をついた。俺が吐いた幸せが、俺の顔のあたりを舞う。病人の匂《にお》いがした。この部屋の天井ってこんなに低かったか？

隣のベッドから、宮本さんの咳払《せきばら》いが聞こえた。起こしてしまったかもしれない。

もう一度眠ってしまおうか、目を閉じた。忍のことを思い出した。あいつは今、車を好きなだけいじれて、それを仕事にできて、本当に楽しいんだろうなあ、と思う。

今度は園の顔が浮かんだ。短大は確か、日本文学かなんかが専攻だった。英語も数学も苦手だったから、無難なものを選んだのだろう。でも今、あのかわいいデパートの制服を着て、大好きな服や物で溢《あふ》れかえっている場所で働いていて、きっと楽しいんだろう。だから仕事の時は笑うことができるのだ。

もう一回、俺は溜息をついた。

＊

「非通知設定」の電話が、毎晩かかってくるようになった。

最初の日は十回だったが、二日目には二十回、三日目には三十回になった。

二日目の何回目からか、私は着信音を消した。私だけでなく、ハルにも影響する。

家に帰って、夕ご飯を食べている頃から電話は鳴り始め、五分ぐらいの間隔で鳴り続ける。「もしもし」と出ると、すぐ切られてしまう。

初めは不特定の相手にかけているいたずらだと思っていたが、さすがにこんなに続くのは私だとわかってかけているのでは、と思い始めた。

でも、誰が？

いつもの朝と同じように、電車を一本見送った。次の電車には、一番前で並んでいるので最初に乗り込める。私の乗る駅は降りる人も多いので、乗り込む時は割と車内が空《す》いている。いつも、頑張って扉付近を陣取るのだ。職場の駅までは、反対側の扉しか開かないので、波に流されることもないし、すんなり降りられる。

ホームの先頭に立って、毎日見る広告を、今日もぼうっと見ていた。

突然背中にくすぐったさを感じて、ハッとした。小走りで列から飛び出して、最後尾に並び直した。挙動不審だったかも。

いたずら電話の犯人が後ろにいて、電車が来た途端に突き落とされたら、と思ってしまったのだ。

冗談じゃない。誰かに恨まれる覚えなんてないのに。

最後に電車に乗り込んだので、いつもと反対側の扉付近に立つことを余儀なくされた。扉が開く度に、波に流される。

何で私がこんな目に遭わなきゃならない？

誰かに恨まれる覚えなんてないのに。

ふと電車の中吊《なかづ》り広告の週刊誌の見出しに目が行った。

「恐怖！　振られた女性に三年間不幸の手紙を送り続けたエリートサラリーマンの素顔！」

タイミングが悪い。ふと堂島の顔が頭に浮かんだが、すぐにそんなわけない、と自分に言い聞かせる。失礼なことを考えた。途端に後悔が襲って来た。

職場の同僚の堂島に「付き合って欲しい」と言われたのは一ヶ月ぐらい前のことだった。

堂島は四大出の同期で、私より二つ年上だ。同期といっても、十階の食器売り場担当の彼と、一階の総合受付の私とは、研修以来は特に接点もなく、すれ違えば挨拶《あいさつ》をするぐらいの仲だった。

それが二ヶ月ほど前の休みの日、買い物に行った先のカフェで、偶然相席になった。その時、話をしたのをきっかけに、彼はよく私に話しかけてくるようになった。

彼に好感は持っていたが、仕事とプライベートはきっちり分けたいので、私は必要以上には距離を縮めずにいた。

「付き合って欲しい」と言われた時は、もう子供でもないし、思ってもみなかった、というわけではなかった。相手がどういう気持ちでこちらに接しているかぐらいわかる。わかっていて、いやらしいとは思いつつ、恭司と心の中で秤《はかり》にかけていた。

堂島は背が高く、筋肉質とまではいかないが、恭司や行の細い体に比べればがっちりしていて、男らしい。カフェで会った時もカーキ色のバーバリーのジャケットを着ていてよく似合っていたし、スーツもきれいに着こなしている。話し方も品がよいし、嘘《うそ》っぽくないさわやかさもあった。顔は少し童顔で、笑うとかわいいカンジ。普通に考えれば、婚約者がいて、私ときちんと付き合う気のない恭司より、彼を選ぶ方がいいに決まっているのかもしれない。

だけど違うのだ。選ぶとか、そういう問題ではない。私にとって、物心ついた時から恭司は絶対的な存在だった。男と付き合いたくて恭司を選んでいるわけではない。好きな人に恭司を選んだわけでもない。私が他の男と付き合っても、恭司は何も言わないだろうが、私の中で恭司の存在を超す男じゃなければ、付き合う意味は感じられない。

堂島には「好きな人がいる」と、丁重に断った。彼は「仕事上ではこれからもよろしく」と振られた時の定番のセリフを口にした。

まさかね……。中吊り広告を眺めた。

逆恨みするような人には見えない。気をもたすようなことをした挙句に振ったわけでもないし、酷《ひど》い振り方をしたわけでもない。

その後だって、普通に挨拶を交わし、世間話だってしている。

電車が職場の駅に着いた。階段を降りながら、後ろに嫌がらせの犯人がいて、突き落とされたらどうしよう、と、今度は下半身がくすぐったくなった。

昼休み。休憩室のテーブルで、一人でお弁当を食べていた。

「隣いいですか？」

後ろから声をかけられた。思わずびくっとしてしまう。神経が過敏になっている。西野めぐみと松田さんだった。この間の朝と同じだ。口に物が入っていたので、頭を軽くさげて、「どうぞ」の意思を示した。

私の隣にめぐみ。向かいに松田さんが座った。四人掛けテーブルだ。

休憩室を見渡す。他に空いているテーブルはない。空いているのに来られたなら、この間話していた、エスニックかイタリアンに本格的に誘われるかと思ったので、安心した。

「一緒に休憩？」

二人に聞いた。

「はい。最近一緒が多いよねぇ」

松田さんが笑う。隣からめぐみの香水が香ってきた。食事中だから憂鬱《ゆううつ》だ。

「水原さん、自分で作ってるんですよねえ。料理上手ですよね。ほんと尊敬しちゃう」

めぐみが私のお弁当箱を覗いて、媚《こ》び口調で言う。わざとらしくてうっとうしい。

自分に余裕が無い時は、人にも優しくできなくなってしまう。私は適当に相槌《あいづち》を打った。

今朝《けさ》はうっかりしていて、お弁当にプチトマトを入れるのを忘れていた。あれがあったらもっと完璧《かんぺき》な彩りだったのに。

例の、めぐみの母親のお弁当は、詰め方も彩りも上手にできていて悔しい。

松田さんはコンビニのお弁当を袋から取り出した。

「りっちゃんもさ、いつもコンビニばっかで飽きない？　自分で作ってない私に言われたくないだろうけど」

めぐみが言う。

「飽きるよ。でも作るの面倒くさい、の方が勝ってるんだもん」

さらっと松田さんは答えた。

「独り暮らし？」

私は聞いた。

「ううん。実家です。でもうちの親はめぐちゃんとこみたいに優しくないですねえ」

また嫌味でもなさそうに、さらっと言う。

「きゃぁ、ごめんなさい。甘やかされてまーす」

めぐみがはしゃぐ。松田さんのハキハキした喋り方が、めぐみの媚びたような話し方と対照的で気持ちよい。

「そうそう、水原さん、この間一緒にいた人彼氏ですか？」

突然、松田さんに真面目な顔をして聞かれた。

「え？　……この間？」

「そうそう、この間ぁ、二人で遊んでた時に、水原さんが男の人と一緒にいたとこ、見ちゃったんですよ。超かっこいい人」

今度はめぐみが言う。私が一緒にいる男なんて行か恭司しかいない。聞けば、行が入院した日に、恭司とデートしていた時だ。レストランの近くで見た、と言う。レストランを出て歩いていた時らしい。焦った。あの時キスをしたはずだ。

「彼氏ですかぁ？　いいなあ、あんなかっこいい人」

めぐみが言う。

「……あのね、友達っていうか……、幼なじみ。昔隣に住んでた人なの。友達」

キスしているところを見られていたらおかしいが、慌ててそう答えた。

「彼氏じゃないんだぁ」

と、松田さん。

「えー、じゃあ私に紹介して下さいよぉ」

と、めぐみ。

キスは見られていないようで、安心した。

「あんた彼氏いるじゃん」

「えー、いるけどさあ。だって水原さんといた人の方がかっこよかったもん」

恭司をかっこいいと言われたことに、嬉しくて反応した。さっきまで、めぐみのわざとらしい口調はうっとうしいと思っていたのに、私もバカだ。

その時、ピンと頭の辺りで何かが張った。脳の神経だろうか。「ピンと来た」という状態だ。沙織さん。

私に恨みを持っているかもしれない人。しかも恨まれても仕方がない、正当な理由で私を恨める人。沙織さん。

まさか、と朝の堂島の時のように思う。動悸《どうき》が速くなった。

沙織さんがもし、私と恭司のことを知ったとしたら。いや、それなら恭司から何らかの形で私に接触してくるのでは？　恭司が、沙織さんが事実を知ったことに気付いてなかったら――。いや、それでも。

沙織さんの笑顔が浮かぶ。そんなやり方をするような人には見えない。まず先に恭司の方を問い詰めるだろう。そんなバカな人ではない。

動揺を隠して、松田さんとめぐみの会話に耳を傾けているふりをした。

話の合間で、めぐみが急にガタッと立ち上がった。箸《はし》で何かをつまんだまま、スタスタと部屋の隅に歩いていく。

「またやってるー。罰当たりぃ」

松田さんがめぐみに言う。見ると、つまんでいたものをゴミ箱に捨てている。

「だってダイエット中って言ってるのにさあ、何回も揚げ物は入れないでって言ってるのに。すぐ忘れるの、お母さん」

いつもニコニコしているめぐみが、本気でむすっとしていた。正義はまちがいなくこちら側にあって、私は正当な理由で怒っているのだ、というような顔だ。私はやっぱりこの子が嫌いだ。

「……松田さんは？　彼氏いないの？」

少し落ち着いて来て、自分から話題をふってみた。すると二人の顔が一瞬強張《こわば》る。

「最近別れちゃいました」

にっこり笑って、松田さんが言う。

「あら……」

ごめんね、と言おうと思ったら、

「出会いもあれば別れもありますよね」

と、また笑った。この子のことは好きだ。

食後にコーヒーを飲んで落ち着きたかったが、めぐみの匂いのする中では嫌だ、と思って、席を立つタイミングを見計らっていた。

混み合っている休憩室を、席を探しながらウロウロしている、堂島の姿が見えた。

また少し動悸が速くなる。うちのデパートの地下のお弁当袋を持っている。こちらに気付いて軽く目線で合図する。私も軽く返した。

「ここ空いてる？　いいかな？」

堂島はこちらのテーブルまで来て、松田さんの背後から声をかけた。一瞬びくっとした松田さんが振り返って、

「ああ、どうぞどうぞ」

と言う。それをタイミングに私は立った。

「じゃあ私はお先に」

そう言った私に、堂島が焦って言う。

「あ、水原さん、別に狭くないから……」

「あ、行っちゃうんですかぁ？」

めぐみも言う。

「コーヒー飲みたいし、本屋にも行きたいから。お先に失礼します」

きわめて愛想よく言って、私はテーブルから離れた。

廊下の自販機でコーヒーを買って、タバコの吸煙機に寄っかかって飲んだ。タバコは吸わないけれど、そこしか体をもたせかけられる所がなかった。

めぐみの匂いから解放されて、いつもよりコーヒーの匂いが香ばしい気がする。飲

みながら、今のは堂島のことを避けたみたいだったかな、と反省をした。

沙織さんでも堂島でもあるわけがない。

強く自分に言い聞かす。でも、じゃあ誰が？　頭がフル回転する。

そして、誰からも恨まれる覚えはない、と思った自分に呆《あき》れた。堂島はともかく、沙織さんからは、恨まれて当然のことを私はしているじゃないか。

でもそれは恭司だって同じこと。恨むなら自分を裏切っている婚約者の方を恨んでくれ。

でも、違う。沙織さんはそういうことのわからない人じゃない。

「お疲れ様です」

後ろから声をかけられて、またびくっとした。松田さんがタバコとライターを手にしている。そう言えば、私が寄っかかっているのは吸煙機だった。

松田さんは私の隣に立ち、タバコを一本くわえて、火を点《つ》けて、実にかっこよくタバコを吸った。スパアッと煙を吐き、おいしそうな顔をする。私より若い子とは思えない。貫禄《かんろく》さえあった。

「吸わないんですか？」

彼女が私に聞く。当たり前だ。

「うん。タバコ吸わない。休んでただけ」

そう言ってその場を去ろうとしたのだが、タッチの差で話しかけられた。

「そっかぁ。あの人彼氏じゃなかったんですねー。あの人じゃなくて、実際に彼氏っているんですか？」

「ううん。いない」

「水原さん、でもモテそうですよね」

「……あんまり上手くいかないんだよねー。男の人と付き合っても」

モテたりなんかしない、と謙遜《けんそん》しようかとも思ったが、さっき堂島と会ったことで、いやらしい謙遜な気がして、少しずらしたことを言った。

「そうなんですか？　何でですか？」

松田さんは、また煙を吐く。

「うーん、私完璧じゃないと嫌なんだよね」

「完璧な男の人じゃないと？」

「ううん。そんなそんな。そうじゃなくて、自分の行動に完璧じゃないと嫌なの」

「……自分の行動ですか？」

「うん。例えば、朝は何時に起きて、お弁当作って、着替えて何分までに家出て……とか。何かする時って漠然と頭の中に計画ってあるでしょ。それを崩すのが嫌なの。だから彼と一緒にいても、その日は夕食は家で食べるって思ってたら、夕食食べて行こう、とか言われても、特に用事なくても断っちゃったり」

「へー」

松田さんが「なるほど」という顔をする。

「そうなんだ……。でもだから色々しっかりしてるんでしょうね」

「しっかりって言うのかはわかんないけど。だから、呆れられちゃうんだよね、相手に。友達と遊んだりする時も、キャンセルとかされたり、予定変更されたりすると、すっごく機嫌悪くなっちゃったり……」

私が急な誘いでも、急にキャンセルでもおとなしく応じるのは、恭司との約束だけだ。

「まあ、ドタキャンは確かに嫌ですよね」

「そう。でも予定通り出発しても、途中であそこやめて今日はあっちに行こうとかってのも嫌なの。すっごく。映画見る予定だったら、それ用の格好とか髪型とかして来てるのに、買い物に変更って言われても、じゃあああの服にすればよかった！　とかね」

「そうなんだー。だから合う人探すの大変なんですか？」

「うん。まあそんなカンジかな」

別に探してはいないけど。と心で言った。

前少しだけ付き合った彼と別れたのは、そういう原因であったのは確かだ。自分のそういう融通の利かない部分を抑え込んでまで、彼と付き合おうとは思えなかった。

「じゃあ、私休憩終わるから行くね」

今度こそ本当にその場を離れた。

「お疲れ様です」

松田さんが軽く頭を下げる。

珍しく、職場の人に本音で話してしまった。


帰りの電車の中で、「非通知設定」の電話を受け取らないようにケータイを設定した。何度も沙織さんと堂島の顔が浮かび、その度にすぐに自分を叱った。

これでいたずらがなくなれば、もう誰からだったのかわからなくてもいい。何だか投げやりになってきていた。

アパートの階段で、隣の大学生らしき男の子とすれ違った。

「こんばんは」

疲れていながらも、仕事用の笑顔で挨拶をした。

「あ、……こんばんは」

彼は少し驚いたように、消え入りそうな声で言う。行よりは今時な、忍君よりはおとなしそうな、どこにでもいる男の子だ。

「あの……」

もうすれ違ってしまってから、彼の声が背後から聞こえた。

「はい？」

振り返ると、

「えーと……、いえ、すみません。何でもないです」

と、また小さな声で言う。私は軽く会釈して階段を登った。

部屋のドアを開ける。靴を脱いでいると、いつものように、鼻がツン、としてきた。ハルの匂い。生きものの匂い。いつかこの匂いが、私の匂いになりはしないだろうか。

その時、何かを思い出した。今日二回目の「ピンと来た」だ。

美佐とハルを運んだ日。「同じ年くらいの男の子がハルを運ぶのを見ていた」と美佐が言っていた。多分、さっきの彼のことだろう。

ハルのことを言おうとしたんだろうか。アパートは一応ペット禁止だ。若い子は告げ口なんかしないと思っていたんだけど……。でも言いかけてやめたから、見逃してくれたのかもしれない。とりあえずそう思っておいた。

ハルの糞《ふん》をまず片付けた。肢《あし》が汚れていたので、ハル用にしたタオルを持って来て、ぬるま湯で濡《ぬ》らして拭《ふ》いてやる。ハルはトロンとした目で宙を見ていた。

タオルは、すっかり雑巾《ぞうきん》になってしまっている。拭いているハルの毛や皮膚もまた、雑巾のようだ。汚れを落としても、きれいにはなっていない気がしてしまう。

きれいにならないなんて。私もいつかそうなるのだろうか。洗っても拭いても、きれいな体にはなれない時が来るのだろうか。

台所に立って夕食を作ろう、と思うのだが気が進まない。なんだかひどく疲れていた。

珍しく食事を作るのをさぼって、ハルにエサをやってから、近くのカフェに出かけた。化粧をまだ落としていなかったので助かった。トレーナーだったので、さっき脱いだ服を着直した。

カフェでパニーニとカプチーノを頼んで、窓際の席に座った。ふうっと年寄りのように溜息をつく。

タバコが吸いたい、と急に思った。昼間の松田さんのように、スパァッとおいしそうに煙を吐いてみたい。

パニーニにがぶっと噛《か》みついた時、窓の外を、スーパーの袋を提げた、さっきの隣の大学生が横切った。目が合ってしまい、向こうが軽く会釈するので、仕方なくパニーニをほおばったまま軽く頭を下げた。少し顔が赤くなる。

カフェを出ると、ぬるい風に顔を撫《な》でられた。一階が居酒屋と文房具屋になっているマンションの前の交差点で信号待ちをした。

横断歩道の向こうの美容院の前では、小柄なおばさんが、ポメラニアンを連れてやはり信号待ちをしている。

紐《ひも》に繋《つな》がれたポメラニアンが、くわっと大あくびをした。赤信号の意味がわかっているのだろうか。「さっさと変われよ」とでも言いたげだ。

美容院の看板を見ながら、ぼんやりと恭司のことを思った。この間会った時は少し髪が伸びていた。あれから切ったかもしれない。

信号が青になり、横断歩道の途中でおばさんとポメラニアンとすれ違う。ポメラニアンは少しだけ私の顔を見上げた。

美容院を過ぎると、アパートまでは少し細い路地を通る。何棟も続いている高層マンションの向こうに、子供がいたずら描きをしたような、嘘みたいな形の三日月が浮かんでいる。

恭司と歩きたい、と思った。夜道を淋《さび》しく感じるのは、一人だからではない。恭司がいないからだ。恭司だったら、あの三日月を見て何と言うだろうか。

自動販売機の前を通る。並んだ商品を見て、恭司はいつもコーヒーの微糖を買うなあ、と思う。

私は何を見ても、そこから恭司を思うことができる。

沙織さんもそうだろうか。

恭司はどうだろう。恭司は何を見ても、そこに沙織さんへの思いを馳《は》せることはできるだろうか。

堂島は私を、そんなふうに思っていただろうか。


アパートに着くと、一階の郵便受けの自分の部屋の所に、白い封筒が入っているのが見えた。さっき通った時にはなかった。こんな時間に郵便が来るわけがない。

胸がさわさわっと騒いだ。封筒を取って、小走りで部屋に駆け込む。玄関で靴を履いたまま電気を点けて封筒を見た。

真っ白な封筒だった。封がされていない。

中には便箋《びんせん》ではない、無地の白い紙が三つ折りにされて入っていた。開いてみる。

「冷血女」

印刷された字で、一言そう書いてあった。

シンプルイズベスト

なっちゃんと気まずい雰囲気になってしまってから、ベッドで勉強に疲れてちょっと休憩、と思うとすぐなっちゃんのことを考えてしまう。なっちゃんのことというより、この間なっちゃんと話したことについてだ。

適当にお金の問題だとか言っておけばよかったかな、と考えて、すぐその後、いやそれはなっちゃんに失礼だ、と思う。そして自分で思っておいて、どこがどのように失礼なんだ？　と考える。なっちゃんに対して本当のことを言わないこと。仲のいい友達に対して本音を言わないのは失礼だ、と行きついて、そもそもこの間俺《おれ》が言ったことは俺の本音なんだろうか？　と今度は思う。なっちゃんと話しているうちに、どんどんそんな気がしてきただけで、本当になっちゃんと話す前から俺ってああいうふうに考えていたっけ、と思って、大体志望校でこんなに悩んでるなんて、俺って小さすぎないか？　と思う。もっと大きなことに目を向けたら、そんな悩み、すげー馬鹿馬鹿しくないか？　で、もっと大きなことって何だ？　環境問題とか、世界平和とか？　それは俺が今ここで考えたってどうしようもないだろ？　でも一人一人の意識からだ、とか言うし……。いや小さくたって俺の目下の悩みは志望校のことだ。仕方がない。それが現状だ……。

そんな考えが頭をぐるぐる回った。多分こういう状態を、堂々巡りというのだろう。一つ勉強になった。

しかし、俺だけじゃなくて、全国の高校生は毎日こんなことを考えているんじゃないだろうか。

病室を出て屋上に向かった。こんな気分の時に、一人であの微妙に閉塞感《へいそくかん》のある屋上に行っても気分は晴れないだろうとは思ったが、病室にいたくなかった。

廊下で、担当看護婦の浅野さんと会った。

「お出かけ？　あんまり長時間はだめよ」

「はい。ちょっと屋上行って来ます」

そう言ってすれ違った後、少し振り返って、また浅野さんの足を盗み見した。今日はキレイに手入れされていた。

何やってるんだか、俺は。

屋上は、今日もそれなりに賑《にぎ》わっていた。この間忍と座ったベンチに、一人で座る。

金網越しにまた空を見た。今日もいい天気だ。

俺はなっちゃんのことがひょっとして好きなんじゃないだろうか？　ぼんやりとそんなことを考える。でもまたすぐに否定する。なっちゃんと初めてああいう微妙な会話をしたから、だから、今そのことが気になってそう思ってしまうだけだ。大体女の子としてなっちゃんのことが好きなんだったら、あんなに毎日一緒にいたのに、もっと早く気付いているだろう。でも失ってから初めて気付く、というヤツだろうか？　別に失ったわけじゃないだろう。でも今まで、一番近くにいる女の子なのに、なっちゃんを使って自慰をしたことはないのは、友達がよく言う、好きな子は汚したくないってヤツなのかもしれない。いや、女として見てないだけだろう……。

金網越しに街を見下ろす。まあ何とでもなるだろう。別にケンカをしたわけじゃないんだし……。

マンション群を見ていると、「人間」や「家庭」の多さを再確認する。今の俺の視界の世界なんて世の中のほんの一部なのだ。そうすると、この街の中の一部にしかすぎない俺が、クラスの女の子と少し揉《も》めたことなんて、本当にどうしようもなく下らないことだよなあ、と思う。

そして、高い所から街を見下ろすと人間はみんな今俺が思ったことと同じようなことを思うだろうと思って、自分の発想のあまりの平凡さに、またへこんだ。

「お、佐々君だ」

声がして、振り返ると宮本さんだった。「失礼」と言って、俺の横にストンと座る。

「どーも」

軽く挨拶《あいさつ》した。

「吸う？」

宮本さんはパジャマの上に羽織っていたパーカーから、タバコとライターを取り出した。

「タバコ……、吸って大丈夫なんですか？」

と、聞くと、

「いや、だめだよ」

と、笑って言い、タバコをくわえて火を点《つ》けた。「未成年なんで」と言おうかと思ったが、それもつまらないヤツだよなあ、と思ってやめた。かと言って、いきがって吸いなれているように吸ってみせるのも、それはそれでカッコ悪い。

「俺は吸わないです」

結局そう言って断りながら、高校教師が高校生に勧めるなよ、と心で突っ込んだ。

「そっか。でもそうだな。高校生に高校教師がタバコ吸わせてたなんて大問題になりそうだもんな」

あまりにさらっと宮本さんが言うので、俺は拍子抜けした。自分の職業の話をしないので、言いたくないのかと思っていた。

「先生……なんですよね」

微妙な聞き方になる。

「そうなんだよねー、実は。実はってこともないけどね。隠してたわけじゃないから。言わなかっただけで」

宮本さんは笑う。

「先生って言うと、俺が緊張しちゃうと思って気ィ遣ってくれたんですか？」

なんとなく考えていたことを聞くと、宮本さんは「ははっ」と笑った。

「それもちょっとあるけど、どっちかっていうと自分のため。佐々君の所にお見舞いに来る子達の制服見て。進学校じゃん？　勉強のこと質問されて答えられなかったらまずいなって」

どう答えていいかわからなくて、俺は愛想笑いした。

「……でもまあ、そうだなあ。先生って言うと、みんな微妙に反応するんだよね。あそうなんだって言って、それから先生ってのを意識しながら付き合うんだよね。先生に関わったことない人っていないからさ、日本には。みんな何らかの思いがあるみたいで、先生には。たまに面倒くさいから言いたくないな」

「そうだなぁ。確かに反応しちゃうかもしれないです」

「でしょ？　まあでも、警察官とかもっと大変かもしれないけどね」

「ああ、それは反応しますね。思いっきり。何にも悪いことしてなくても、外でパトカーみるとドキッとしちゃうもんなあ」

「そうそう」

宮本さんはタバコの煙をふうっと吐いた。

「何か……悩んでんの？　進路のことで」

俺の方に少し顔を向けて言う。

「……聞こえてました？　この間の」

「うん。聞こえた。彼女？」

「……いや。違います。友達」

「だろうね。そんな感じだった」

また宮本さんは煙を吐く。

「なんかね、あの女の子、顔は見えなかったけど、女の子の話し方じゃなかったもんね。男だと思ってるヤツに話す感じと違った」

「……わかるんですか？」

「いや、あんまり偉そうなこと言えないけど。やっぱり女の子って、好きなヤツじゃなくても、男ってのを意識してるとなんとなく女の子の話し方になる気がする」

ふーん。そんなものなのかな。確かにそういう女の子もいるだろう。クラスの松永さんとか、典型的だ。そっちの方が多いのかもしれない。でもなっちゃんみたいな変人でもそうかな？　俺はそう考えて、そうかやっぱりなっちゃんも俺のことが男として好きなわけじゃないんだな、と少しがっかりした。そして、何でがっかりするんだよ、とまた思う。

「……悩んでるのは、国立にするか私立にするかってことなんですけどね。単純なことですよ」

俺は自嘲《じちょう》気味に言って、意味のない半笑いをした。

「佐々君にとったら大問題だろ、でも」

宮本さんが言ってくれた。

「……うーん、そうなんですけど……、なんか俺つまんないですよねえ」

「つまんない？」

「……俺、いい子すぎだよなあ、と思って。自分で言うなって感じですけど」

そう言って、俺は溜息《ためいき》をつきかけたが直前でやめて飲み込んだ。まずかった。

「何か、全部、まあそんなもんだろうな、で終わっちゃうんですよ、俺」

「……そんなもんって？」

宮本さんはまた煙を吐く。

「うーん……、子供の頃から体弱かったんですよ、俺。心臓弱くて。今は肺炎なんですけど。で、小学校とか幼稚園の時って、学校休めるのってちょっと嬉《うれ》しいじゃないですか。次に学校行った時みんなに少し特別扱いされるし。嫌なこと言うヤツもいましたけどね。でも何となく俺体弱いんだぜって優越感持ってたりして」

「わかんないでもないよ」

宮本さんが笑う。

「でも、何度も入院してるうちにだんだん飽きてきて、っつーかうっとうしくなってきて……、で、そのうち俺ってちょっと可哀想《かわいそう》なヤツか？　とか思いだして。でも、小児科の入院病棟ってそんなヤツいっぱいいて、俺より長く入院してる子とか。ほんとに三年とか四年とか入院してて、病院から学校行ってる子とか。だから俺みたいにたまに入院したり、なんて全然普通で。……で、だからつまり俺は、クラスの中で背が高いヤツ、歌がうまいヤツとかと一緒で、体弱くてたまに入院するヤツなだけで、それは全然普通のことなんだな、と。親にもそんなようなこと言われてたし」

話しながら、こんな話されても宮本さんも迷惑かな、と思ったけど、お互いヒマなんだからまあいいか、とも図々しく思った。

「……で、まあ俺って普通なんだ、って思っちゃったんですよ。たかだか小学生で。

そしたら友達とかクラスのヤツらでキャラ強いヤツもみんなそう思うんですよ。こいつは、怒りっぽいヤツ、苛《いじ》めキャラなヤツ、そう思うとあんまり腹立たないんですよね。そういうヤツもいるよなーって思うだけで」

　宮本さんはタバコを下に落として、スリッパで踏んで火を消した。気になって横目で見ていたら、それを拾ってパーカーのポケットから携帯灰皿を出して、ちゃんとその中に入れた。

「……親が離婚した時も、姉貴は父親ともう全然口もきかなくて、怒ってて、俺はそれをなんか傍観してたっつーか、離婚したこと自体はそれなりにショックだったんですけどね。姉貴とも母親とも仲良かったし」

「え？　……ご両親離婚してるの？」

　宮本さんが言った。息が少しタバコ臭い。

「そうなんですよ。だから、姉貴は母親と一緒に出てって、今一緒に住んでないんです。あのライオンみたいな兄貴は、父親が再婚した今の母親の息子で、学年は一コ上なんですけど、誕生日は半年しか違わないんですよ。まあ学年は、あいつは学校辞めちゃって、俺は入院で一コだぶってるんで、もうよくわかんないんですけど」

「あ……、留年してたんだ。どうりでしっかりしてるね。関係ないか？」

「多分。昔からしっかりしてました。俺は」

笑って言った。宮本さんも笑った。

「でも離婚も、離婚した後すぐ新学期になって、なんか学校で家族構成とか書いて提出しなきゃいけなかったんですよ。そんで書いてたら後ろの席のヤツが話しかけてきて、家族の名前書いて、年齢書いて、そのあと続柄書くんですけど、続柄って何？って聞いてきて。だから父とか母とか姉とか……って説明してたんですけど、そしたらそいつの用紙が見えちゃって。母一人子一人だったんですよ、そいつ。何でかはわかんないけど。何だ、片親ってのも普通にいるんだって思ったら、別に離婚も大したことないなって思って。珍しくもないっすよね、最近は実際」

「って言うね。俺のまわりにはいなかったけどね、あんまり」

「なんか、そういうふうに何でもそんなもんかって受け入れちゃうんですよね。すげー悩んだりとか、逆に熱くなったりせずに。だから今回もどこの大学に行くことになっても、別に大して何も思わないんすよ、俺。きっと。もしかして浪人することになったりしても、まあ仕方ない、とか思っちゃって。だけど俺のことはともかく、なっちゃんと……、この間の女友達ですけど、俺らホントにすげー仲よかったんですね。でもああいう気まずい感じになっちゃって、男だったらあんまり考えずに次会ったら普通にいつもと同じふうなんだろうけど、友達だけど女だし、そんなわけにもいかないかなあと思って。このまま気まずくなっちゃうなら、嫌だけど、でもそれも仕方ないかって……、思っちゃいそうな自分がやだ」

急にそうだ、と思った。そう、それが嫌だった。自分のことならまだしも、なっちゃんとの関係まで自分がさらっとごまかしてしまいそうで、それを俺は嫌だと思ってるんだ、と強く思った。

「ちゃんともう一回会って話しますわ、俺。なんかすみません。グチ聞いてもらっちゃって。でもありがとうございます。なんか吹っ切れた。状況は変わってないっすけどね」

急に勢い込んで言った俺に、

「えーと……。お礼言われても何もしてないけどね。でもすっきりしたならよかったね」

と、俺の勢いにひきながらも、宮本さんは笑ってくれた。

俺はめずらしく、キャラに似合わず大声を出して気合でも入れようかとも思ったけど、やっぱりちょっと恥ずかしくてやめておいた。そして、こんな平凡なことで悩んで、人に聞いてもらってすっきりするなんていかにもなことをして、本当に自分はつくづくつまらないなぁと思い、でもまあそんなもんだろう、と思った。成長はしていない。

「俺も話していい？」

宮本さんが急にかしこまって言うので、俺は「へ？」とついなっちゃんの口癖の間の抜けた声を出してしまった。

「あ、どうぞどうぞ。ってか何かあったんですか？　あ、俺でいいんですか？　すみません、俺、自分のことばっかりぐちぐち……」

慌てて上手《うま》く舌が回らなかった。

「いや、大したことじゃないんだけどさ」

言いながら宮本さんは二本目のタバコに火を点ける。

「……この間の女」

くわえタバコで言う。

「……髪の長い人ですか？」

俺は聞いた。

「……ん？　……ああ、そうそう」

また煙を吐く。

「昨日佐々君が検診行ってる時にまた来て、……出てっちゃった。同棲《どうせい》してたんだけど」

「……えーと、……」

それは結構大したことなんじゃないか？

「八年も一緒に住んでたんだけどさ。終わる時はあっさりだなあと思って。佐々君流に言うと、そんなもんだ、かなあ」

「……八年って長いですよねえ」

言うことが見つからなくて、とりあえずそう言った。

「だろ? 二十歳《はたち》の時からだぜ。大学の同級生だったの。でさあ、俺特にやりたいことかなくってさあ、でもあいつ昔っから教師になるって決めてて。そんで俺も真似《まね》して教職取ったの。今さあ教師ってすっげえ倍率高くて教育大出ててもなれなかったりするらしいんだけど、二人して採用試験受かっちゃったんだよね」

「……すごいですね」

まだたくさん残っているのに、宮本さんはタバコの火を消した。

「あいつはともかく、俺は土下座もんだよね。全国の本気で教師目指してた人には」

「……結婚しなかったんですか?」

「しなかった。なんか思うところがあってしなかったとかじゃなくて、面倒くさくてずるずるしなかっただけなんだけどね。あいつの親には恨まれてるだろうなあ。……まあでも最近ちょっと雲行き怪しくてさあ、お互い。でもそこまで付き合い長いと終わってるってわかってても、別れ話とかにもなんねーのな。なんか普通に一緒にいるんだよね。だってここ二年ぐらい、ぜんぜんヤッてもないんだぜ。ごめんな、品の無い話」

「いえ」

そう言うしかなかった。

「この間佐々君に家族ですか？　って聞かれた時、家族ではないって言ったじゃん、俺。自分で、そっか、家族って思ってないのか、俺は、ってちょっとびっくりした。ずるずる一緒にいるのはもう家族だと思ってるからだと思ってたのに、違うのか？　って。だったらもう一緒にいちゃいけないのかもしれないなあって思ってたら、昨日来て、出てった、もう引っ越したって言われた」

フフッと鼻で笑って宮本さんは言う。

「まあどっちが先に言い出すかってことだったんだろうけどな、もう」

「でも……」

俺はおずおずと口を開いた。

「宮本さんは聞いてなかったんですよね？　出てくこと。宮本さんのいない間に、話し合いもなしで出てっちゃうのは卑怯《ひきょう》ですよね、ちょっと」

「……やっぱりそう思う？　俺も理性の部分ではそう思ってるんだけど、感性の？　とにかく一方ではそんなことどうでもいいやって思ってる。別に闘ってるわけじゃないし、人間関係にフェアもアンフェアもないか、って」

「そう……ですかねえ」

いや、やっぱりそれは彼女が悪い。そう思ったけれど、宮本さんが大してそこにこだわっていないのは本当な気もした。

「うん。もう俺の中の問題は、そうか、帰ってもあいついないんだ、ってことだけ。あ、そうそう、俺あさって退院なの。ゴールデンウィークは娑婆《しゃば》で過ごせます。お先に」

ふざけて俺にお辞儀してみせる。

「そうなんですか。おめでとうございます」

俺もお辞儀してみた。

そうか、もうすぐゴールデンウィークだ。俺はやっぱりずっと病院で過ごすんだろう。

「行きますか？」

宮本さんが立ち上がった。

「はい」

俺も立ち上がる。

「……屋上では、人生とか恋愛とかそういうことを語るって決まってるんでしょうか」

俺が少し笑って言うと、「え？」と宮本さんが聞き返した。

「ドラマとか小説とか、みんな屋上で語ってるじゃないですか。あれって何ででしょうね。学校なんて屋上開放してる所なんて聞いたことないですよ。でもドラマとかだと、なんか普通に出てきますよね。俺この間も兄貴と二人でここで友情を語り合って」

笑って言うと、宮本さんは「うーん……」と考えてから、

「バカと煙は高い所が好きって言うじゃん。発想の転換で、みんな高い所に昇るとバカになるんじゃないの？　そんで人生とか愛とか語ってみちゃうとか。下界では恥ずかしいって思ってるのに、上に上がると思わなくなっちゃうの」

と言った。「なるほど」と俺が言うと、今度は、

「じゃあ高い所で煙を吐いてた俺はめちゃくちゃバカか？」

と言って、自分でうけていた。

その日、夕食を運んで来てくれた浅野さんから、ゴールデンウィークは一日なら外泊できる、と言われた。

しかし父親の店は休みじゃないし、忍も多分仕事だろう。園も仕事だろうが、泊ハルの様子が気になるので、園の家に見に行こうと思った。

めてはくれるだろう。

なっちゃんのことも考えたが、退院したら嫌でも毎日会うのだし、園の方にした。公衆電話から園に電話した。

「泊まるのは全然いいよ。ハルいるから狭いけど覚悟してね。今のところ、何の問題もなくて元気だよ。元気ではないか。たまに夜鳴きするけどね」

園は言った。

「じゃあ仕事終わる頃、そっち行きます。夕飯一緒でいい？」

「いいよ」

何となく、園の声は元気がなかった。

＊

久しぶりに、クローゼットからパッチワークのロングスカートを取り出した。短大の時、母親と行った神戸の古着屋で買ったものだ。

赤がベースで、小花柄やタータンチェックなど、色々な柄の布をつなぎ合わせた造りになっている。パッと見はかなり派手だ。

上にデニムのシャツを着て、髪を高い位置でおだんごに結った。髪をまとめると、気合が入る。

もともとつり上がっている目を、さらにキツく見えるように、いつもと少し違うメイクをした。かなり気の強そうな顔になった。

ベトナム雑貨の、籐《とう》で編んだ大きな籠《かご》を持ち、金の糸で刺繍《ししゅう》がしてある、チャイナ風の黒い靴を履いた。かなり不思議少女になっただろう。少女って年ではないか。

外に出ると、背筋が自然にピンと張った。

いたずら電話と手紙の犯人が、どこかから私を見ていますように、と願う。

私はめげていない。「非通知設定」の電話を鳴らされ続けても。「冷血女」と言われても。

私は全くこたえていない。今日も、ちゃんと上から下まで気を抜くことなくコーディネートした服で、一分も遅れることなく、同じ時間に家を出て、同じ時間の電車に乗って出勤する。お弁当だってちゃんと作った。

「冷血女」の手紙は、三日連続でポストに入り、四日目の昨日から止《や》んでいた。三日で飽きてしまったのか。それとも次の手の準備をしているのか。

最初の手紙が来た時は、悔しいがかなり動揺してしまった。

急いで恭司に電話をかけた。沙織さんではないことを確かめたかった。

電話の向こうで、恭司は少し驚いていた。私から恭司に電話をすることは今までまずなかった。沙織さんといる可能性を考えて遠慮していた。会う約束をする時は、恭司から電話がかかってきた時だけだ。

「どうした？　ああ、沙織、園だよ。後で代わる？」

電話を取って恭司はそう言った。私に、沙織さんと今一緒にいることを知らせたかったのだろう。あまりにさりげないので、私以外にも誰かと付き合っていたりするのだろうか、と思ってしまった。「あら、園ちゃん？」後ろから沙織さんの声がした。

「ちょっと聞きたいことがあるの。うん、とか、いや、でいいから答えてくれる？」

「……うん」

怪訝《けげん》そうに恭司は答えた。

「……最近、沙織さんとの仲って普通？」

自分でも変な質問だと後悔した。

「……うん」

「……沙織さん変なこと言ったりしない？　最近私の話したりとか……」

「いや……。大丈夫だよ」

いらいらした。恭司もしていただろう。

「……ごめん。はっきり聞くけど、沙織さん、私と恭ちゃんのこと気付いてないよね？」

「……うん。どうした？」

「……ならいいの。ごめん。ありがとう」

電話を切ろうとしたが、止められた。

「ちょっと待て、園」

「何か悩んでるみたい」遠くで恭司がそう言った。受話器を塞《ふさ》いで沙織さんに言ったのだろう。その後また私の方に戻って、

「……電話じゃ話しづらいだろうから、今度ヒマ作るよ。その時でいい？」

と言う。沙織さんに聞かせるために言ったのだろう。私が何か悩んで、恭司に電話をかけて、今度会う時に聞いてやることにした、という筋書きにするらしい。

「うん。じゃあ切るね」

神経が過敏になっていた。恭司の芝居に異様に腹が立った。後で後悔するかも、と思いつつ、珍しく最後の言葉は投げやりになってしまった。

電話を切って、私はその場に座り込んだ。腰を曲げて頭を床につけて、ふうっと溜息をついた。

誰？　誰？　誰？　誰？

頭がくらくらした。

突然気が付いて、玄関の鍵《かぎ》が閉まっていることを確認して、走ってベランダに通じ

る窓の鍵も確認した。カーテンもきっちり閉めた。

ハルの近くに座り込んで、体を撫《な》でた。ハルはよく寝ていて、撫でた時一瞬耳をぴくっとさせたが起きはしなかった。それでも随分一人より心強い気がした。子供の頃、親に叱《しか》られたり、学校で嫌なことがあると、ハルの頭を撫でていたことを思い出した。私にはハルがいる。そう思っていた。どんなに他人から嫌われても、ハルは必ず私を受け入れてくれる。

今だって変わらないはずだ。ハルの体を撫で続けた。

こんな卑怯な手を使うヤツに、負けてはいけない。

電車に乗り込む前に、「園ちゃん」と後ろから声をかけられた。

同じ総合受付の先輩だ。

「おはようございます」

挨拶しながら、先輩と二人で電車の中に押し込まれた。

乗車率百二十パーセントの車内で、ようやく体勢を整える。

「また今日は気合入った格好してるわね」

先輩が私のキテレツな格好を見て苦笑いした。先輩は、ジーンズに、白いシャツ。その上に、黒いカーディガンを羽織っているだけで、シンプル極まりない格好だ。しかしその派手なだけでなく、賢そうにキレイな顔と、やり過ぎでも薄過ぎでもないメイクの品のよさで、そのシンプルな格好が本当によく似合っている。

「シンプルイズベスト」を唱えられるのはこういう選ばれた人だけだ。普通の人がやってしまうと、ただの地味な格好に過ぎない。

揺られる車内で、隣の車両の人物と目が合った。堂島だった。

会釈もできないぐらいの混みようなので、軽く笑顔を作った。向こうも同じことをする。

失礼だとは思いつつ、「非通知設定」の電話と「冷血女」の手紙がどうしても頭をよぎってしまう。

「どうしたの？」

急に笑った私に、怪訝そうに先輩が言う。頭一つ私より小さい先輩には、彼の姿は見えないだろう。

「堂島さんがいたんですよ」

私は言った。

「何だ。急にニヤニヤするからびっくりした。……ねえ、堂島君と園ちゃんって同期？　仲いい？」

ヒソヒソ声で先輩が聞く。

「同期ですけど……。仲は普通かな。何でですか？」

「別れちゃったらしいじゃん。彼女と。何でかなあと思って」

「え……？」

「あら、知らなかった？　園ちゃんそういう情報疎《うと》いもんね。もう一ヶ月ぐらい前だよ。堂島君が振っちゃったんだって」

先輩の言葉に胸が騒ぐ。別れたどころか、彼女がいたのも知らなかった。しかも一ヶ月前って、私に振られる前後じゃないか？

「……何で、振っちゃったんですか？」

「……だから知らないってば。だから園ちゃんに聞いてみたんだよ」

先輩が呆《あき》れ顔をする。

動揺した。私に告白をするのに、律儀に付き合っていた彼女を振ったということだろうか。

堂島の真面目《まじめ》さを感じた。結果私に断られたのだから、別れるのは私の返事を聞いてからでもよかったのでは。そうすれば何事もなかったように、その彼女と今も付き合っていることだってできたはずだ。卑怯な手だけれど、中高生のように純粋なわけでもないのだし。

胸がさわっとした。まさか、そこまでしたのに、断ったから恨んでいるとか……？

「でもさあ、嫌だよね。同じ職場だと。別れた後も一緒に仕事って気まずいだろうし」

先輩の言葉に、体がビクッと反応した。

「……え？　……うちのデパートなんですか？　堂島さんの彼女」

動揺を隠しながら聞いた。

「それも知らなかったわけね。園ちゃんさあ、個人主義すぎじゃない？」

「……誰なんですか？」

「……松田さん。本当に知らなかったの？」

頭の中で、何かが弾《はじ》けた。

最近妙に松田さんと喋《しゃべ》る機会が多かった。やたら私の異性関係も聞きたがった。まさか……。

嫌だ。あの時美味《おい》しそうにタバコを吸った、彼女の姿を思い出す。

かっこいいとさえ、私は思ったのだ。

帰りの電車で、迷ったが、恭司の職場の駅で降りてしまった。

恭司に会いたかった。約束はしていないけれど、理由は何とでもなる。この間の電話のお詫《わ》びだとか、嫌がらせのことだとか言えばいい。

電話も、突然訪ねて行くのも、多分私たちの関係ではルール違反になるのかも知れないが、今の私の身の上に起こっていることを話せば恭司は納得してくれるはずだ。恭司はいつだって私に優しい。

電話かメールでもして、待っていることを伝えようかとも思ったがやめておいた。都合が悪かった場合、会うのを先延ばしにされそうだ。どうしても今日会いたかった。許されるはずだ。こんな状況なのだから、好きな人に助けてもらいたいのは自然なことだ。

そんなことを考えながら、恭司の会社のビルの正面の駅の入口に立った。毎日残業だとこぼしていたから、今日もきっとそうだろう。ここにいれば会えるハズだ。

向かい側の柱に、私と同じように人待ち顔の女の人がいた。

今日の先輩と同じような格好をしている。しかし、先輩のように「シンプルイズベスト」ではない。ただの地味で目立たない女の人だ。

その落ち着きすぎている格好のせいで、最初は私より年上かと思ったが、よく見ると顔はまだ幼い。同じぐらいか、もしかしたら年下かも。だとしたらもったいない。もっとかわいい格好をすればいいのに。

目が合った。向こうが、私の姿を上から下までじろっと見たのがわかった。「なんでそんな派手な格好をするのだろう」とでも思ったかも知れない。少し意地悪そうな目をされた気がする。

彼女はわかっていないのだ。服装や化粧がどれだけ「人」を表すのか。美人でもないのに、ただ地味な格好をしていたら、本当にそのまま地味なだけで終わってしまうのに。若さや個性を楽しまないのは、今目の前に立っている「変な格好をしているバカな女」よりよっぽど愚かな行為なんだよ。

また悪意を持って他人のファッションチェックをしていることに気が付いた。どうして私はいつもこうなのだろう。すぐ人の悪い所ばかり見つけてしまう。彼女が私を意地悪そうに見ただなんて、私の思い過ごしかもしれない。ひょっとしたら、「かわいい格好。私も今度してみようかな」なんて思ってくれたのかもしれないのに。

妙な感覚をおぼえて、その場を離れてすぐ近くのカフェに入った。窓際に座って、カプチーノを飲んだ。ここからだと、駅に入って来る人が見える。恭司が通ったらつかまえればいい。

さっきの彼女はまだ立ったままだ。彼女を見ていたら、また妙な感覚が私を襲う。何だろう？　既視感というやつだ。同じような体験をしたことがある。何だろう？　待ち合わせ？

カプチーノを啜《すす》ったら思い出した。

小学校六年生の時だった。私は恭司の学校が終わるのを待って、中学まで行き、門の前で待ち伏せをしていた。

その日は恭司のお母さんの誕生日で、恭司と二人で、学校が終わったら夕食を作っておいて、お母さんを驚かせようと計画していた。先に授業が終わった私は、ランドセルをおろして、自転車で中学まで向かった。

校門の前で、自転車を停《と》めて待っていた。セーラー服の女の子達が三人、私の向かいに立っていた。

「先輩が来たら最初に何て言ったらいい？」

真ん中に立っていた女の子がちょっと興奮気味に言うのが聞こえた。

「そんなの、ちょっといいですか？　って言えばいいんだよ」

一人の子が言った。

「どうしよう。上手く言えるかなあ」

真ん中の子は泣きそうな声を出す。

「私たちがついてるから大丈夫っ！　あ、でも告白する時は私たちいなくなるからね。ちゃんと一人で言わなきゃだめだよ」

「そうだよね。どうしよう……」

どうやら「告白」をするのに、相手を待っているらしかった。

そういう経験がまだなかった私は、彼女達の話を聞いて、何だか自分まで緊張して、そして恥ずかしくなってしまった。

ここにいていいものだろうか？　私は迷った。彼女達がここで「告白」をするなら、いては邪魔かもしれない。でも場所を変えてしまうと、話を盗み聞きされたと思うかもしれないし、恭司をつかまえられないかもしれない。ケータイなんて、まだない時代だった。

「とりあえず、先輩が通ったら、窪田《くぼた》先輩って、話しかけるんだよ」

迷っていた私の頭に、その名前が鮮明に飛び込んで来た。「窪田先輩」彼女達が待っているのは、私と同じ恭司だった。

どうしよう？　恭司は多分、私の顔を見たら駆け寄って来るだろう。そうしたら彼女達はどうするだろう？　目の前の私と恭司が仲良さそうに、自転車で二人乗りをして去って行ったら。彼女達は、真ん中の彼女はどうするだろう？

私は、ドキドキしながら真ん中の彼女の顔を盗み見た。さっきちらっと目が合ったが、彼女達は特に興味を示さなかった。まさか、同じように「窪田先輩」を待っているとは思いもしていないのだろう。

真ん中の彼女は、色白でぽっちゃりしていて、そのぽてっとした顔に当時は多かったマッシュルームカットの髪が似合っていた。大人が見たら、「あらかわいい」というタイプだっただろう。

しかし、小中学生の頃なんて、単純に目立った容姿の子が、男子も女子もモテるのだ。そういう意味では、彼女は特に「かわいい」子ではない。そう思った。思うと同時に「私の方が勝ってるかも」私は確かにそう感じた。そして、自分はなんて意地悪なことを考えるのだろう？　そう思った。

とにかくこの場をどうしよう。そう思った時、三人組が騒ぐ声が聞こえた。向こうの方から、背の高い学ラン姿の男の子が歩いて来る。恭司だった。

「そーのー」

恭司は私に気付いて手を振って、思った通り、駆け寄って来た。

その時、彼女達がどうしていたかは覚えていない。ただ、恭司に声をかけられなかったのは確かだ。

恭司は駆け寄って来て、自転車のカゴにカバンを入れて、私を自転車の後ろに乗せた。

どうしよう、どうしよう。私は恭司の背中でそう思いながら、しかし、ついに彼女達のことは話せずにいた。

どうしよう、どうしよう。背中に彼女達の視線を感じながら、私は恭司の肩に乗せている手に、少しだけ力を入れた。

あの時の彼女は今ごろどうしているだろうか。あのまま成長していたら、癒《いや》し系だなんて言われて、男の子にモテるタイプの子になっているかも。

あの日の罪滅ぼしにか、どうか彼女が今幸せな恋愛をしていますように、と願った。

さっきの地味な女の子はまだ同じ場所で立っている。彼女も待ち合わせじゃなくて、待ち伏せなんだろうか。

早く来てあげてくれ。見知らぬ彼女の相手に向かって、そう念じた。

窓の外を、背の高いスーツ姿の男が通った。恭司だ。合図しようと立ち上がった私は、瞬間、恭司の隣を歩く女の人の姿に気が付いた。

「あ」という口の形をして、隣の女性が私に気付いた。沙織さんだった。

「それって……、本当に危ないんじゃない？　実家とか、友達の家とかにしばらく泊めてもらった方がいいんじゃないの？」

沙織さんが、コーヒーカップの取っ手を指で触りながら言う。

初めは戸惑っていた恭司も、話を最後まで聞くと、心配そうな顔をしてくれた。

私のケータイの着信履歴を眺めて、

「これはやばいな」

と呟《つぶや》いた。

私の思った通りに事が運んだ。最初は待ち伏せした私に、恭司は少し困った顔をするだろうが、嫌がらせのことを相談に来たのだと言えば、心配してくれる。思った通りだった。沙織さんも一緒だったことを除いたら。

「……また何かあったら、母親の所か友達の所に行こうとは思ってるんだけど……、今はとりあえず手紙も電話も止んでるから……」

私は下を向きながら喋った。嫌がらせのことなんて、正直どうでもよくなっていた。待ち伏せして、やっとやって来た相手は婚約者と一緒だった。そして、仕方なく私は二人に相談に乗ってもらっている。

「でも、次何かあってからじゃ遅いかもよ。もっと早く言ってくれればよかったのに。私たちも何か協力してあげたのに」

「私たち」に反応した。虚《むな》しかった。沙織さんと恭司は「私たち」なのだ。何でだろう？　今までも三人で会ったことなんてあるのに、今までとは違う、言いようもない嫌な気持ち。虚しい？　恥ずかしい？

「聞いてくれてありがとうございました。ちょっと楽になりました」

私は席を立ちかけた。立ち上がると、私の派手なパッチワークのスカートが見える。朝はこのスカートで元気を出すつもりだったのに、今はより虚しさや惨《みじ》めさを誇張しているように思えた。

向かいに座っている恭司と沙織さんは、揃《そろ》ってスーツで、地味ではなく「シンプルイズベスト」である。

自分のバカみたいに派手な格好が、今ここにいる三人のうち、二人は「私たち」で、私だけ部外者だということを証明している。

「帰る……？　恭司、家まで送ってあげなよ。もう遅いし危ないよ。私、先に家帰ってご飯作ってるから……」

沙織さんの言葉が胸を突き刺す。「送ってあげなよ」「ご飯作ってる」恭司と沙織さんは「私たち」なのだ。仕方がない。そんなこと最初からわかっていたじゃないか。

「そうだな。園、送るよ。お前顔色悪いし。ほら、行こう」

恭司が私を促した。私はノロノロと歩き出した。

沙織さんにお礼を言わなければ、と振り返った。

「すみませんでした」

「ううん。本当に気を付けてね」

そう言って沙織さんは笑った。

この人は、本当にいい人なのだ。そのことが尚更痛い。

「この間の電話の時……。沙織が犯人だと思ったの……？」

帰り道、恭司はゆっくり私に聞いた。

「違う……。ただ恨まれる理由を考えたら、もし沙織さんが私と恭ちゃんのこと知ったら、恨まれても仕方ないかなって。他に恨まれる覚えもないし。でもね、あの時は動揺してて、沙織さんだと思ったんじゃなくて、絶対沙織さんじゃない、と思ったから違うことを確認したかったの」

恭司に会ったら最初に話そうと思っていたことだ。沙織さんがいたから、さっきは話せなかった。聞かれてから言うと言い訳をしているようで、しかもそう思って話すからか口調まで焦ってしまって、私はもうボロボロの状態だった。

「まあ沙織なわけはないけど……。最近変なヤツ多いから、知らない間に恨まれたりしてたら怖いよな。とにかく……、沙織の言う通り、何かあったら俺たちも協力するから頼る時は頼れよ」

恭司まで「俺たち」と言う。

「……うん。ありがとう」

アパートに着いた。ポストを確認する。何も入っていなくて安心した。

「上がってく？」

恭司に聞いてみた。

「いや、いい」

「……だよね。沙織さん待ってるもんね」

　恭司は困った顔をした。子供の頃から知っている表情だ。困った時、恭司は下唇を嚙《か》む癖がある。

　恭司のいろんな表情や癖を、私は知っている。笑うと八重歯が見える。考え事をしている時は、右手で左手の親指を触る。

　沙織さんは、大人の恭司しか知らない。私は、子供の恭司を知っている。下唇を嚙む子供の恭司。八重歯を見せて笑う子供の恭司。鎖骨のホクロも昔からある。

　でも、沙織さんは恭司にとって「俺たち」で、私は部外者なのだ。

　恭司はゆっくり口を開いた。

「園……、電話とか、今日みたいに待ってるのは……、今回は事情が事情だから仕方ないからいいんだけど……」

「わかってる。ごめん」

　先を聞きたくなくて、遮った。

「ん……。俺は、沙織しか愛せないし、愛すつもりもないし……。わかるよな?」

「……うん」

　恭司は少し安心した顔になった。

「送ってくれてありがとう。じゃあね」

勢いよく部屋のドアを閉めて、そのままそこにしゃがみ込んだ。

あの日の罰が当たっているのだ。

沙織さんはさっき、私に向かって「笑って」くれた。

どうして振り返ってしまったのだろう。あの日、恭司の背中で。

振り返って、真ん中の彼女と目が合った。私は笑ってしまったのだ。「笑った」じゃなく、「嘲笑《わら》った」のだ。

二人の母親

宮本さんが退院して、俺《おれ》は二人部屋に一人になった。

部屋に自分だけというのも、勉強に集中できないことの言い訳かもしれないが、なんとなく落ち着かない。

効率が悪いなら時間の無駄だ、と今日は勉強を放棄することにした。

園と恭ちゃんからもらった本は、上巻の終盤に差し掛かっている。クライマックスまで到達すれば一気に読めてしまうのかもしれないが、期待していたほど面白くてハマってしまうというわけでもなく、少しずつしか進んでいない。

もっと軽いものでヒマ潰《つぶ》しがしたくて、二回目に忍がお見舞いに来てくれた時に、「適当に雑誌買ってきたから」と言って置いて行ってくれたまま開けないでいる、本屋の袋を手に取った。

中からは三冊雑誌が出てきた。一冊は、俺のことを考えてくれたのだろう、入院初日に真奈美に預けてくれた、忍がいつも読んでいるのよりも、いくらかおとなしめの服が載っている男性ファッション誌。

一冊はビジネス雑誌の特別創刊号で、特集は「世界に誇る日本の建造物」というものだった。なっちゃんがハマっているデザイナーのロングインタビューも載っている。

もう一冊は、忍らしい。エロ雑誌だった。それだけ表紙に忍の汚い字で書き込みがしてあって、表紙の胸を出した太めのモデルの上からサインペンで書いてあるので、読みづらいが、『いしし。カンゴフさん使うのは失礼だからコレ使っとけ。あ、入院中で落ち着いてできないか。スマンスマン』と書いてある。

「……あのバカ」

声に出して言ってしまった。看護婦くらい漢字で書けよ。と、ズレた突っ込みをする。この三冊を吟味して、本屋のレジに並んで、その後エロ雑誌ににやけた顔で書き込みをしている忍を想像すると、俺の顔もにやけた。

忍の期待を裏切ろうと、「世界に誇る日本の建造物」をパラパラめくった。

なっちゃんの好きなデザイナーが顔写真付きで出てきた。なっちゃんはこれを読んだかな？　と思っていたら、さっきのエロ雑誌の表紙のモデルの裸がどこかから俺の頭に入り込んできて、危うくモデルの顔をなっちゃんの顔に挿《す》げ替えてしまいそうになった。おいっ、と自分に突っ込んで、別のことを考えようとした。あの表紙のモデルはちょっと太り過ぎなんじゃないか？　と考えて、でも女の子は普通ぐらいに見えてもみんなあんなもんだろうか、と童貞の俺は思った。園なんて痩《や》せすぎで裸なんて鶏がらみたいで見れたもんじゃないのだろうか。それならさっきのモデルくらいぽっちゃりしてる方がいいのかな？

　そこまで考えて、デザイナーのロングインタビューに目を走らせながらも、全然集中していない自分に気が付いた。やばい。忍の思惑にハマりつつある。なっちゃん、ごめんなさい。やっぱり俺は君みたいに純粋に建築学にハマれそうにありません。

　ベッドから這《は》い出た。屋上に行こうかとも思ったが、今日はあんまりいい天気ではない。病院内を散歩しよう、と思った。

　廊下で、この病棟のかなり美人の看護婦さんと会った。

「あれ、佐々君。お出かけ？」

　キレイな顔を和らげて、彼女が聞く。

「はい。ちょっと散歩して来ます」

　キレイな顔に少し緊張しながら返事した。

「無理しないでね」

　すれ違った後、また振り返って、彼女の足を確認してしまった。キレイに手入れされていた。なぜかホッとする。変な癖がついてしまった。

　二十代半ばくらいの看護婦さんが、車椅子《くるまいす》を押しながら、乗っているおじいさんに話しかけている。

「じゃあ山下さん、部屋に戻ってお薬飲みましょうねー」

看護婦さんというのは、どうして良くも悪くも馴《な》れ馴れしいのだろうか。自分の何倍も生きている人に、子供に話しかけるように言う彼女を見て、何となく嫌なものを見た気分になった。

一階の中央玄関の近くの喫茶室の前を通った。中にはパジャマ姿でお茶を飲んでいる、二人組のおばちゃんが見えた。入院患者も利用できるらしい。売店で何か買うかも、と思ってポケットに財布を入れてきている。喫茶店に一人で入ったことなどないけれど、カウンターで作業しているエプロンをした年配の男と、カップを運んでいる長い髪を無造作にまとめている女しか店員がいない。病院内の店らしくくたびれている感もあるので、緊張することもないだろう。入ってみた。

「いらっしゃいませ」

女の店員が少しだけ俺を見て、無愛想に言う。

「お好きなお席にどうぞ」

外からは死角になっている席に座った。ミルクティーがなかったらどうしよう、とコーヒーの飲めない俺は思ったが、気合の入ってないデザインのメニュー表には、

「紅茶」というのがあった。

水を運んで来た女の店員は、ニコリともせず、無言で水を俺の前に置いた。近くで見ると意外と若い。何も言われないので仕方なく、俺の方から「紅茶お願いします」と言った。「はい」と店員は言ってテーブルを離れようとする。「あっ、すみません。ミルク付けてもらえますか？」と俺が急いで言うと、顔だけこちらを見て「はい」とまた無愛想に答えた。

しばらくして、紅茶を運んで来る時も、やっぱりぶすっとしている。無言で紅茶とミルクポットと伝票を置いていった。俺もなんだか悔しくて、何も言わなかった。愛想をよくするってそんなに大変なことなのだろうか？　園はかなりの重労働をしているのかもしれない。

ミルクティーを冷ましながら啜《すす》った。

「いらっしゃいませ」

無愛想な店員の声が聞こえる。俺の座っている席のしきりの向こう側に、客が座ったようだった。

「ブレンドコーヒー」

「私もそれで」

向こう側の客が注文した声に、ハッとなった。二つとも知っている声だった。真奈しきりの上には観葉植物なのだろうか、背の低い植物が並んでいて、向こう側はちょうど見えない。

「お忙しいところすみません」

真奈美の声がする。ぺこぺこしているだろう姿が声からも伝わった。

「こちらこそ。ご連絡頂いてたのになかなか来れなくて」

今度は母親の声だ。真奈美と違って堂々としている。子供の頃、よくあのピシャリとした物言いに叱《しか》られた。

どうしようかな、と思った。二人とも俺のお見舞いに来てくれたのだろう。顔を出そうかとも思ったが、母親と真奈美が二人でお茶を飲んでいることに違和感をおぼえた。三年前に俺が入院した時に顔は合わせているはずだが、こんなふうにお茶を飲んだりする仲だろうか？　病院の入口で会ってしまって、何となくそんな雰囲気になったのだろうか。だとしたら、ひょっとしてお互い気まずいのかもしれない。それなら俺が顔を出した方が二人にとってはありがたいのだろうか。

あの無愛想な店員が二人のテーブルにコーヒーを運んで来た。植物の上から、店員の顔だけがひょっこり出ているのが俺の席からは見える。

「どうも」

美と母親の声だ。

母親が店員に言う。

「あ、どうも。ありがとうございます」

真奈美も言う。店員はやはり何も言わずさがっていった。母親は少しむっとしたかもしれない。

タイミングを逃してしまった俺は、このまま探偵のように潜んでいようか、とも思ったが、それでは、向こうに気付かれた時に、「何やってんの？」ってことになるよなあと思って困っていた。

「あ、あの。それでこれ……。申し訳ありませんでした。ご迷惑おかけしてしまって……」

真奈美の声と、何かがガサガサいうのが聞こえた。何だ？　なぜ真奈美が母親に謝っている？　俺の入院のことか？　真奈美が謝ることでもないのに、いつもの低姿勢だろうか。でもこれって言ったな。

俺はすでに探偵になっていた。安いドラマみたいなシチュエーションだな、おい。大人の話で俺は聞くべきじゃないことかもしれない。でも、そうだったら余計気になるじゃないか。

「……大変失礼ですが……、確認させてもらっていいでしょうか？」

しばらく黙っていた母親が、口を開いた。

「え、ええ。もちろんです。すみません。お願いします」

真奈美が言う。それと同時にまたガサガサという音がする。

俺と同じ方向に座っているのが、母親だ。俺の席から見える、店の端の方のテーブルのパジャマの二人組のおばちゃん達が、母親達のテーブルの方に目を奪われている。小声で「ちょっと、ねえ」と言ったかのような、おばちゃん特有の仕種《しぐさ》をした。

「すみませんね。職業がら癖で」

母親が言う。母親は銀行員だ。今は裏方らしいが、若い頃は窓口にいたらしい。まさか……。嫌な予感がした。

シャッシャッシャッ、と紙がこすれるような音がする。間違いない。お札を数える音だ。動悸《どうき》が速くなる。何でだ？　何で真奈美が母親にお金を渡している？

「ありがとうございます。確かに」

しばらくして母親が言い、またガサガサ音がする。

「はい。本当にすみませんでした。助かりました」

真奈美は泣きそうな声だ。渡しているのじゃなくて、返したのか？　俺の頭がパンクしそうになる。落ち着けよ、行。

初めは離婚の慰謝料か何かかと思った。父親と母親が離婚する時、そういうことはどうしたのかは知らなかったが、それぐらいしか思いつかない。

しかし、さっきの真奈美の言い方からしたらそれではおかしい。真奈美が母親にお金を借りていた？　真奈美が？　父親が？　父親というより我が家が？　それなら真奈美ではなくて父親から返すんじゃ？　俺の入院費？

この間忍と屋上で話したことを思い出す。「おかんのピアノの給料もあるし、俺も金入れてるし、そんなに金に困ってないだろ」

あの時自分もそうだよな、と思ったのだ。所詮《しょせん》ガキ二人の考えが甘かったのか？　でもお金に困ってたとしても、よりによって俺の母親に借りるだろうか？

「……理由は教えていただけないんですか？」

母親が尋ねる声が聞こえた。

「私としては、きっちり返して頂けたので、そのこと自体はそれでいいんですけど。もし、真奈美さんに何かあって、行にも関係してくるなら心配なんです」

「え、ええ。そうですよね。わかります」

「行のことを考えたら、私には聞く権利あるんじゃないかと……。前のご主人のことですか？」

「……そうなんです、実は。時々忍の様子伝えるくらいには連絡取ってたんですけど。急に連絡があって。あの……やっかいな相手と交通事故を起こしたらしくて、その……、とりあえずのお金が足りないってことで……。私の用意できるお金じゃ足りなくて。断ろうと思ったんですけど、あの人も必死で……。正直な人でしたから、保険がおりたら必ず返すって言ったのは守ると思って……。あの、別れた人ですけど、忍の父親ですし……。でも、あの私の知り合いで他にそんな相談できる人がいなくて……。由理さんしか思い浮かばなかったんです。本当に申し訳ないです」

少しだけ動悸が収まってきた。そういうことか。忍の父親。そういうことか。俺はかなりホッとしていた。

そしてちょっと真奈美が可哀想《かわいそう》になった。姿は見えないが、背が高く、いつも髪型も服装もバッチリ決めて、いかにも知的そうなキツい喋《しゃべ》り方の母親。小柄で痩せていて、いつもよれよれのシャツを着て、誰に対しても申し訳なさそうにしている真奈美。この間の屋上の忍と俺以上に対照的だ。

「そうかなあと思いました。わかります。別れても自分の子の父親なことには変わりないですものね。わかります」

母親が幾分か柔らかい口調になった。気持ちはわかる。真奈美の低姿勢を見ていると、なんだか苛《いじ》めているような気分になってしまうのだ。母親もキツい人ではあるが、意地悪なわけではない。

二人の俺の「母親」の、多分見てはいけないところを俺は見てしまった、いや、見てはいないか。聞いてしまった。もう二人の前に顔を出すことはできない。最後まで俺は隠れていないといけない。

二人がここを出たら、一緒にか別々にかはわからないが、とにかく俺の病室に向かうだろう。それまでに帰っていたいが、先に立ち上がるわけにはいかない。二人が出てからこっそり俺も店を出て、先回りするのは無理だろうから、後から行って、「ああ、来てくれてたの。散歩してたんだ」とでも言えばいいか。

そう思ったところで、ヤバいことに気付いた。忍のエロ雑誌。ベッドの横の勉強用具と一緒にしてきてしまった。看護婦さんが来た時のことを考えて、一番上にはしていないが、看護婦さんは触らなくても、真奈美と母親なら片付けるつもりで触ったりするかもしれない。俺は心の底から忍を呪《のろ》った。母親なんて、間違いなく、ああいう物を見られたくない人物ナンバー1だ。しかも二人だぜ、おい。しかも忍の品のない落書き。ちくしょう。忍。絶対呪ってやる。

「あの……私少し気になってることがあるんです」

しばらく自分の頭の中の葛藤《かっとう》に集中していた俺の気を、真奈美が引き戻した。気になってること？

「……？　何でしょうか？」

母親が聞いた。

「あの……、余計なお世話かもしれないですし、私が言えることではないかもしれないんですけど……」

「……何でしょうか？」

もう一度母親が聞く。俺も神経を集中させた。俺の前のテーブルに客が入って、さっきより二人の話し声が聞きづらい。

「……お隣の窪田さんの所の息子さん、結婚されるってご存知ですか？」

知ってるけど、恭ちゃんが何か？　俺は心の中で聞いた。

「恭司君ですか？　ええ聞きましたけど。何か？」

母親も俺と同じことを聞く。

「ご存知なんですね。あの……、それは園さんから聞いたんですか？」

「ええ。そうですけど」

「……じゃあ、いいのかな……」

真奈美は独り言のようにボソボソ言った。

「……恭司君がどうかしたんですか？」

母親が少しだけ苛立《いらだ》っているような口調になった。俺もイライラした。

「……あの、私が勝手に思ってるだけなんですけど。私、あの、東京までピアノ教えに通ってて、ちょっと前、三ヶ月くらい前かしら？　ピアノの先生仲間と食事に行ったんですよ。その時行った店が、すごくオシャレな店で。そこで園さんに会ったんですよ。会ったっていうか、園さんは気付いてなかったんですけど。あの、その時、園さん、恭司君と一緒だったんですけど……」

「……今も恭司君とは遊んでもらってるみたいですけど」

母親が言った。

「……でも、あの、そのお店、ビルの上の方で、景色が見える窓側にカップル席ってのがあったんですよ。その、先生仲間に聞いたんですけど。そこに園さんと恭司君座ってらっしゃって。他のカップルより、二人ともキレイなんですね。カップルで行くとそこに通されるらしくて、夜景が見えてキレイだから目立ってて……。私の連れも園さん達に注目してて。あ、もちろん知り合いだって言わなかったんですけど。ひょっとしてお二人付き合ってるんじゃないかと思って。……でも、恭司君婚約してらっしゃるでしょう？　だから……」

「あの、カップルじゃなくたって、二人で行くとそこに通されるんじゃないんですか？」

母親が真奈美を遮った。俺も同じことを思った。あの二人は昔から仲がよくて、よくカップルと間違えられていた。

「いえ……。でも、あの……。こんなこと由理さんに言いづらいんですけど。キスしてたんです。園さんと恭司君。何度も」

俺は止まった。母親も何も言わなかった。何だって？　あの二人がキス？

「え……？」

母親が言った。動揺が声に出ている。

「ずっと気になってて、私。でも恭司君の婚約のこと、園さんが知ってらっしゃるなら、園さんはそれでもいいってことなんでしょうけど……。私、前から思ってたんですけど、園さん、園さんすごく痩せてらっしゃるでしょう？　ひょっとしてそのことで悩んでらっしゃったりとか……。あの、私、ホントに余計なお世話かもしれないし、私が言えることじゃないんでしょうけど、園さんが心配で。だってそういう関係は、あの、相手の女性にも……」

言ってしまって楽になったのだろうか、真奈美の口調が少し饒舌《じょうぜつ》になった。と、思ったところで、母親が急にガタッと立ち上がった。

俺は死ぬほどびっくりした。母親の上半身が植物の上から姿を見せた。少し母親が横を見れば見つかってしまう。どうしよう？　焦りながら、母親を横目で窺《うかが》った。肩がプルプル震えていた。怒っている……？

「それは……」

立ち上がったことで驚いたのか、黙ってしまった真奈美に、母親がゆっくり言った。声も震えていた。

「それは、余計なお世話です。……あなたが言えることじゃありませんっ！」

最後の方はかなり大きな声になっていた。

さっきのおばちゃん二人組だけじゃなく、無愛想な店員も他のテーブル客も、みんなが母親と真奈美に注目した。

「母さん……」俺は声に出してそう言った気がしたが、どうやら声は出ていないようだ。

「母さん」

もう一度言ったつもりだが、やはり声は出ていない。母さんって、どっちのことだ？

母親は肩を震わせたまま、バッグから封筒のようなものを取り出した。取り出して、すごい勢いで、真奈美に向かってそれを投げつけた。

「母さんっ！」

やっと声になった。言うと同時に俺は立ち上がった。

「行……」

「行……？」

真奈美と母親が同時に俺を見て驚いている。さっき母親が投げつけたのは、真奈美が返した札束の封筒だった。真奈美の周りに一万円札が散らばっていた。

俺はどうしていいかわからずに、その場に立ち尽くした。

「母さん……」

もう一回、やっと声を出した。

「あの……。お客様、すみませんが……」

カウンターにいた年配の、多分店長であろう男が、おずおずと二人のテーブルに向かって来た。無愛想な女の店員はぼうっと立ち尽くしている。

母親がバッグを持って、テーブルを離れた。何も言わずに、早足で出口に向かう。

真奈美はかがんで床に落ちたお札を拾いだした。

「母さん……」

さっきからどっちに向かって言ってるんだろう。俺はバカみたいに突っ立っている。

「行……」

真奈美がかがんだまま俺の方を見た。体を小さく丸める真奈美は、本当に小さくて、弱々しい。

「……ごめん。俺の会計よろしく」

そう言って、俺は走り出した。すごい勢いで店を出て、母親の背中を探した。

病院の正面入口のあたりに、背の高い後ろ姿を見つけて、俺は全力で走った。

途中で俺を止める声が聞こえた気もしたが、走り続けた。何なんだ？　あの二人が付き合ってる？　真奈美の言えることじゃない？　何なんだ？　わけわかんねえ！

母親に入口を出た駐車場で追い付いて、思いっきり服を引っ張った。

「きゃあ！」

母親が叫んで、体が俺の方に引き寄せられた。俺は母親をそっと放して止まった。呼吸が速くなっていた。立《た》ち眩《くら》みがする。

「行っ！」

母親が受け止めてくれた。忘れていた。俺は病人だった。

外来患者の待合室の椅子で、呼吸を整えた。外来受付は午前中で終了するので、人気はほとんどない。看護婦さんが通りかかる度に、「どうされました？」と話しかけて来たが、母親が「大丈夫です」と対応してくれた。

「ホントに立ち眩みなだけ？　先生呼ばなくていいのね？」

母親は何度も聞いた。実は熱が出てきている気もしたが、「大丈夫、大丈夫」と俺は平気なふりをした。今夜は飛行船の夢を見そうだ。

「……お金どうするの？」

だいぶ落ち着いて来たので、母親に聞いてみた。

「さあねえ。真奈美さんに任せようかな」

母親は溜息《ためいき》をつきながら言った。

「……悪かったわね。変なとこ見せて。いつからいたの？」

俺の顔を見ながら聞いてきた。

母親には園ほど頻繁に会っていない。半年ぐらい前、園と三人で焼肉を食べに行って以来だった。

「母さん達が入って来る前からいた。……ごめん。出て行くタイミングなくて」

「……子供みたいなことしちゃって。みっともなかったわね、私」

「ううん……」

「まあもう言ったって仕方ないか。……ねえねえ、園と恭司君のことホント？　知ってる？」

「……知らない。でもそんなわけないと思う。酔っ払ってたんじゃないの？」

「……酔っ払ってたら……、園そんなことするかしら？」

「わかんないけど……。付き合ってるとかそんなことはないと思う。真奈美……さん、が言ってたのも有り得ないでしょ。姉ちゃんが恭ちゃんのことで痩せてるっての」

「ああ、それはないない。あの子はダイエットが趣味みたいなもんだから。ちょっとでも太ると服が似合わなくなるとか言って。充分ガリガリなのに」

本当は園と恭ちゃんのことについては、かなり気になっていた。でも子供の頃から知っているだけに、あの二人が付き合っているとか、キスするところだとか、そんなことを考えるのが妙に恥ずかしくて嫌だというか、想像できなかった。そんな話を、母親とするのも嫌だ。

「まあ、いいか。それも。あの二人のことだし。二人とももう大人だしね」

「うん……」

俺は力なく頷《うなず》いた。

「真奈美さんのお金のことだけど、お父さんには言わないであげて。気持ちはわかるから」

「うん……」

言うべきことがわからなかった。俺はとにかく力無く頷くしかできない。

「今、園がハル預かってるんだよね？　私も手伝いに行きたいな、と思いつつ行けないでいるんだけど。ハルの顔も見たいしね」

「うん……。もうおじいさんだよ。よぼよぼ」

「……そりゃあ、あんたも園も年とったんだから、ハルもね」

「うん……」

思い切って聞いてみた。

「あのさ……、何であんなに怒ったの？　わかんないでもないけど……。真奈美……

さんに心配されて……、俺のことならともかく、姉ちゃんのことで。確かにあの人には姉ちゃんは関係ないし」

「……あんたにこんなこと言うのは、親としてどうかなあ、と思うけどね。真奈美さんは、行にとっては家族なわけだし」

母親はまた溜息をついた。

「……真奈美さんは、何ていうかすごくいい人なのよね。私にお金借りに来た時も、普通の感覚だったら、夫の前の奥さんになんか借りに来られないと思うし。だから、変なプライドとか全然ない、ほんとに真《ま》っ直《す》ぐないい人なのよ。私しか思い付かなかったってのも嘘《うそ》じゃないと思う。……だけど、う―ん、良く言えば真っ直ぐで大らかな人？　でも悪く言ったら、う―んと……、無神経というか……」

「……わかる気はする」

俺は言った。園のことも本当にただ素直に心配してくれていたのだろう。園が真奈美や忍にみせる無愛想を考えたら、お礼を言いたいぐらいだ。

だけど、そんなふうに分析ができるなら、何であんなに取り乱すほど母親は怒ったんだ？　わかっていても、あの場では抑えられなかったってことだろうか。しかし何かが引っ掛かる。

「……園は気付いていてたんだけどね。行はまだ小学生だったしね」

「え……」

「真奈美さんはね、私とお父さんが離婚する前から家に出入りしてたの。覚えてない？」

「え……？」

「家に食材届けてくれる業者があったでしょ？　真奈美さんあの会社に勤めてて、うちの担当だったのよ」

「……じゃあ、……」

離婚前から付き合っていた？　俺は父親に、真奈美は友達の友達だったと聞いていた。

「……そうなんだ」

「あなたが言えることじゃない」か。なるほど。

「そっか、わかった」

母親にそれ以上言わせたくなかったからか、俺は遮った。

変な感じだ。この人は俺の本当の母親だけど、今は親子の会話ではなくて、人間と人間の会話をしている。

「……そのことがなくたって、私とお父さんは離婚してたかもしれないし……。聞いたからって真奈美さんに変な態度取らないでね。行はそんなことしないと思うけど」

そう思ったから話したんだけど……。真奈美さんはいい人よ。あんなふうにしといて、それこそ私が言えることじゃないかもしれないけど……」

「うん……。わかってる。俺は真奈美さんも父さんも好きだし」

「うん。そうよね。あんたは園みたいに人の嫌なところばっかり見えちゃうんじゃなくて、いいところをみつけられる能力があるんだから。そこを大事にしなさい」

「……ありがと。でも俺、姉ちゃんや母さんみたいに自分のことを、真剣に考えたり、熱くなれない気がする。何でもまあいっかぁでさ。最近ちょっとそう思ってるの。姉ちゃんが体型維持とか服に気ィ抜かないのとか、ある意味すごいよね。自分に一生懸命でさ」

今日のことも、まあそういうこともあるなあと思って、俺はそれで済んでしまうんだろう。

「まあ、長所は短所でもあるからね。私に言わせりゃ、園はやりすぎ。そのうち疲れちゃうわよ。私は……、結構意地悪よ。真奈美さんが羨《うらや》ましい」

「意地悪……？」

「うん……。真奈美さんがお金借りに来た時、呆《あき》れたのが半分と……。もう半分は……」

そこまで言って、母親は黙った。

「もう半分は……？」

聞きたくない気もしたけれど、口が動いてしまった。

「……優越感」

母親はぼそっと言った。

宮本さんは、先生だということを言うと、先生として扱われるから嫌だ、と言っていた。

わかる。「先生」だって人間だ。「母親」だって人間だった。

病室に戻る途中で真奈美に会った。俺の病棟の休憩所で、ソファに座ってぼうっとしていた。どうしようか迷って、後ろから両肩を摑《つか》んで軽く揺さぶってやった。

「わっ！」

思った通りの反応をした。周りの人が真奈美の声で驚いたので、「すみません、すみません」と俺はへらへら頭を下げた。

「もおっ」

と、真奈美が振り返って言う。

「病室にいるかと思った。ずっとここにいたの？」

エロ雑誌のことが気になって、俺はさぐりを入れた。

「ん。……由理さんは？」

「帰った。俺の顔見たからって。……後始末任せちゃってごめんね」

部屋に行ってないと聞いて、俺は安心した。

「ううん。こっちこそ。行に情けないところ見せちゃって」

呟《つぶや》くように言って、真奈美はまた小さくなる。また、あまりに弱々しくて、男はこういう時女を抱きしめてしまうのかもしれない、と思った。一応母親である人に対して何を考えてるんだか。

「……こっちこそ隠れててごめん。出てくタイミングなかったんだよね」

「うん。……お金どうしよう。由理さんもう会ってくれないかしら？」

「『真奈美さんに任せる』って言ってたよ」

「……そっか。じゃあ今度改めて返しに行ってくるわ」

「ん」

「お父さんと忍には内緒にしてくれる……？」

「ん」

「……ごめんね、行。私情けなくて」

「……ううん……。そんなことないよ」

「……今日は帰るね。そろそろお店混んでくるし」

「ん。下まで送ってこうか？」

「ううん。行は病人だから、寝てて」

「ん」

真奈美とも人間同士の会話をした。俺は真奈美をエレベーターまで見送って、部屋に戻った。


病室に戻ると、ベッドに設置されている、キャスター付きのテーブルの位置が動いていて、上に妙な物が載っていた。何かの模型のようだ。紙でできている。

よく見ると、それはサグラダ・ファミリアの模型だった。何だ？　とさらに覗《のぞ》き込んだら、横に紙が置いてあり、そこにびっしりと何か書き込まれていた。

『行ちゃんへ』と、大きな丸文字で書いてあった。なっちゃんの字だった。

『お見舞い来てみたけど、行ちゃんお出かけですか？　しばらく待ってみたけど全然帰って来ないから、置き手紙して帰ります。でも書いてる間に戻って来ることを祈りながら書きます。帰って来たら途中まで書いてあるこの手紙を読んで、二人で笑いましょう。

この間は何か気まずい雰囲気になっちゃって、申し訳無かったです。お見舞いに行ったのに、行ちゃんを励ますどころか嫌な気分にさせてどうするんだ、夏美っ！　と自分を叱っておいたので、ごめん、行ちゃん、許してやって。

行ちゃんに言われたことをあれからよーく考えました。確かに私は、自分でもよく言ってるけど、何に対しても反応するアンテナを持っていて、その中で、よし！　今はこれにハマるんだっ！　って自分のやりたいことを選ぶ？　ちがうなあ、決める？　ことができてます。あっ、変な日本語。現国5のはずなのに……。まあとにかく、私はそれを当然だと思ってました。自分のやりたいことなんてみんなわかってるんだと思ってた。だから、第一希望は薬学部で第二は経済、というような人達には、こらっ！　正妻に対する愛が足りない！　って思ってたよ。だって私は、女の子はみんなかわいいなー、と思いつつも、でも君が一番だよって、セックスは正妻としかしないヤツだからね。

でもまあよく考えてみれば、恋愛をしてないのに、結婚はしたいって、お見合いとかする人達なんて普通に存在するもんね。でも正直そういう人達は、私はあんまり尊敬はせんよ、うん。それはもう仕方ない。私は結婚なんて、恋愛をした時に、この人としたいかどうかとしか考えられないもん。あっ、でも、藤原竜也とだったらしたいかも……。っていうか、手疲れてきたよ。行ちゃん早く帰って来いよ！

ちょっと中断したけど、帰って来ないから書くよ。まあ、だからつまり行ちゃんは、今結婚したいってのが先にあって、結婚するならこの女だなってその人を選んだところっちゅーわけだ。私はもうラブラブ状態の女ともうすぐ結婚できるから幸せよってなところだ。何で私、男の立場になってんだ？　まあそれって全然悪いことじゃないな、と思った。うん。形は違うけど、お互い幸せそうじゃん。でも行ちゃんは温度低いまま結婚するんだから、いつか浮気して他の女に乗りかえる可能性アリよ。行ちゃんのことだから、同時進行で愛人は作らんじゃろうけどね。私は温度高いから、ある日突然冷めて、壮絶な別れをするかもしれんけどね。

ま、言いたいことわかった？　私は自分でわけわからなくなってきた（笑）。とにかく、お互い今は新婚生活の新居の準備してるってとこかな？　お互い最近どうよ？　進み具合は？　って話はしましょうや。ってことでした。もう。帰って来ないから帰るよっ！　まったくぅ。……ところで、じゃん！　サグラダ・ファミリア作っちゃった。ペーパークラフトコーナーで見つけたんだよ。できあがったら行ちゃんに自慢しようと思ってたんだ。でも行ちゃん入院しちゃったから、急きょあげることにしました。ちなみに持ち運ぶの超大変です。壊さず持ち帰るように！　まだ完成してない現在の状態のができるのかと思ったら、完成形のサグラダ・ファミリアができあがっちゃいました。すごいよ。私、完成させちゃったのよー。んじゃねっ』

なっちゃんの丸文字はすごく読みにくかったけど、必死に読んで、読み終わって、俺はにやけた。

なっちゃん作のサグラダ・ファミリアを、指でちょん、と触ってみた。

すげーなあ。まだ完成してないものを、なっちゃんは自分の手で完成させてしまった。

かっこいいな。なっちゃんを変なヤツだとか、好きだとか思ったことはあったけど、かっこいい、と初めて思った。すげーな、あいつ。かっこいい。

なっちゃんのサグラダ・ファミリアをそっと運んで、ベッドの横の棚に置いた。雑誌が積み重ねてある。ああ、そうだった、と思って、雑誌を袋に入れようと持ち上げた。「世界に誇る日本の建造物」に、なっちゃんの丸文字で何か書いてある。『私も当然これ買ったよん』俺はまたにやけた。

ハッとして、エロ雑誌を見た。忍の落書き以外に、やっぱりなっちゃんの丸文字で書き込みされていた。『行ちゃんも男だねえ。聖職者である看護婦さんは絶対ダメよ。これのお世話になっときなさい。いししし』

忍を呪うことは決定した。

お隣さん

明日から世の中はゴールデンウィークで、私は前日の今日、ローテーションで休みがまわって来た。いつもより一時間遅く目を覚ますのが、私の休みの日の習慣だった。まだ寝ているハルは起こさずに、洗濯機をまわして、朝食を作った。

洗濯機が唸《うな》り声をあげている中、朝食を食べた。途中でハルが目を覚ました。

「ごめん、ちょっとだけ待ってて」

ハルにそう言って、少し急いで朝ご飯をたいらげた。

お皿を下げるのは後にして、ハルを抱えて水を飲ませた。水色のプラスチックの容器の中の水を、ハルはピチャピチャと音をたてて飲む。時々、水がハルの喉《のど》を通る、グビッという音もする。

気が付いたら、ハルが、「ケホッ」と水を吐いていた。

ついぼうっとしていた。もうお腹《なか》いっぱいだったらしい。

「ごめんね。もういらなかった？」

ハルを床にそっと寝かせた。とろんとした目で私を見ている。いや、その目はもう、濁ってしまっているので、見えてはいないのかもしれない。でも私だということはわかっている。何故《なぜ》？　十四歳だった人間が、突然二十二歳になって現れたのに、ハルは私をわかっている。飼い主とペットの間には愛があるから？

幼なじみの間には愛はないだろうか？　またこじつけのように思い出す。恭司。恭司。恭司。私はまた恭司のことを考えている。他のことを考えていても、気が付いたらいつも恭司のことを思っている。一体どうやって、全ての物事を恭司に繋《つな》げていっているのか。その発想力？　連想力？　はすごいかもしれない。

「沙織しか愛せないし、愛すつもりもない」

そんなことはわかっていた。そんなことはわかっている。わかっていて、それでも私達は共犯者だったんじゃないのだろうか。私が欲しかったのは、その裏側だ。そんなことはわかっていて、それでも私も恭司も抱き合いたかったんじゃないんだろうか。

洗濯機が止まった。カゴに取り出して、ハルをまたいでベランダに向かう。バスタオルをまず干した。白いインナーシャツと、緑のチェックのブラウスをハンガーにかける。裾《すそ》や袖口《そでぐち》の皺《しわ》をパンパンッとたたく度に、ハルの耳がぴくっと動く。

下着や靴下を小物用のハンガーに干していく。色というものは、大きく分けると寒色と暖色だ。右側に寒色、左側に暖色に決めた。ひとつひとつ、靴下も下着も型崩れしないように、丁寧に干す。

今日はいい天気だ。洗濯日和《びより》だ。

「沙織しか愛せないし、愛すつもりもない」

私はこんな気分なのに、空は嘘《うそ》みたいに青い。こんなに天気がいいのに、ベランダの洗濯物は、私の一人分しかない。溜息《ためいき》をついた。

夕方まで一歩も外に出ず過ごした。そんな日があってもいい。天気のいい休日に、犬とダラダラする。そういう人もいるだろう。でも、こんなに老いた、しかも寝たきりの犬と、尿の吸収シートを敷き詰めた部屋で休日を過ごしているのは私ぐらいかもしれない。

夕食をどうしようかな、とコーヒーを飲んでいたら、インターホンが鳴った。反射的に舌打ちをした。今日は母親も美佐も来る予定はない。新聞の勧誘とかその類《たぐい》だ。居留守を使いたかったけど、じっと身をひそめている方が気疲れする。立ち上がって玄関に向かった。ドアは閉めたまま「はい」と言う。

「あの……。隣の小川と言います」

ドアの向こうで若い男の声がした。隣の小川？　この間すれ違った大学生かな？　ドアスコープを覗《のぞ》いた。短髪の男の子の顔が歪《ゆが》んで映っていた。

「……はい。えーっと、何でしょうか？」

「……ちょっとお話ししたいことがあるんですけど……、お時間頂けないですか？」

「……話ですか？」

「非通知設定」の電話と、「冷血女」が頭をよぎった。まさかいつのまにか隣人に何かしていたとか？　まさか。挨拶《あいさつ》ぐらいしかしたことがない。

「はい。急に失礼ですけど……」

話し方は丁寧だ。でも……。

あっ、と思った。ハルのことだろうか。彼は知っているかもしれないのだった。この間すれ違った時も何か言いかけては、やめていた。

部屋着でノーメイクだったのであまり開けたくなかったが、ドアチェーンをかけたまま、私は扉を開けた。隙間《すきま》を自分の体で塞《ふさ》いで、ハルを見えないようにした。

「……すみません、急に」

彼がぺこっと頭を下げて言った。

「……どういうお話ですか？」

おそるおそる尋ねた。

「……立ち話はちょっと。すみませんけどお時間頂ければ……」

「……犬のことですか？」

思いきって聞いてみた。

「えっ？　……あっ、ああ、犬……。あ、いえ、そのことじゃないです」

彼が言う。そのことじゃない、ということはハルのことも知っている。でもそのことじゃない？

「あの……、最近変な手紙が来たりしてないですか？　もしかして」

体がびくっとなった。

「……何で知ってるんですか……？」

声が震えた。

「来てるんですね。……そのことでお話がしたいんです。迷ったんですけど……。でもやっぱり、と思って。謝らなきゃいけないこともあって、俺《おれ》。あっ、でも俺がやってたとかじゃないんですけど」

早口に彼は言った。何なのだろう。

「じゃあ……。準備するんで、ちょっと待っててもらえますか？　あ……、三十分後にでもいいですか？　あの、すぐそこのカフェわかりますか？　そこで」

迷ったけれど、私はそう言った。部屋にあげるわけにも、彼の部屋にあがるわけにもいかない。しかし話は聞きたい。

「あ、わかりました。すみません、ホントに急に」

彼はまたぺこっと頭を下げた。

「あ、じゃあ俺先行って、席取っときます」

「じゃあ後で」

私は言って、ドアを閉めた。何だと言うのだ。話？　謝る？　でも俺じゃない？

軽く化粧をした。

白いブラウスにトレーナー地のボトムをはいていたのだが、とりあえず下だけベージュのスリムジーンズにはき替えた。

あまりに地味な格好だったので、オレンジ色の薄手のカーディガンを羽織った。髪もボサボサだったが、まとめる時間が無くて、こげ茶色のハンティング帽を被《かぶ》った。

さっき部屋着を見られているので、あまりに気合を入れた格好もおかしいが、外に行くので、適当な格好もできない。

玄関で、帽子と同じ色のパンプスを取り出した。春にはあまり履かないので、下駄箱の奥の方で箱に入っていて、取り出すのに苦労した。

ハルが寝ているのを確認して、家を出た。

先に行っておいてもらってよかった。たかが五分の道のりでも知らない人と話すのは億劫《おっくう》だ。

店に着くと、彼は一番奥の席にいた。私を見て軽く手を挙げる。私も軽く返して、レジに向かった。

「カプチーノ」

そう言って財布を出していると、後ろから彼に声をかけられた。

「あの、俺出します」

「いえ、いいです、いいです」

私は千円札を出した。店員の女の子が困っていた。

「これで」

ずいっ、と私はお金を押し出した。

「俺が誘ったし」

「小川君」が焦って言う。多分彼は私より年下だ。年下の知らない男の子におごってもらういわれはない。

「おごられるの嫌いなんです」

ついぴしゃっと言ってしまった。小川君は少し小さくなった。悪いことをしたかな、と思ったけれど、カプチーノを受け取ってテーブルに向かった。小川君もついてきた。向かい合ってテーブルに落ち着いた。

彼の着ているシャツは、グレーで、襟《えり》ぐりの所から裏生地をわざと見えるようにしてあるのだろう。赤がのぞいていて、なかなかかわいい。ブルーのジーンズと赤いジャック・パーセルのスニーカーを履いていて、差し色の赤は意識して揃《そろ》えているのだろうか。よく似合っていた。

「すみません。お休みの日に。洗濯物干してあったから、今日はいらっしゃるかな、と思って。あ、洗濯物って。すみません。わざわざ確かめたわけじゃないんですけど……」

「学生さんじゃないんですか？」

カプチーノの泡をスプーンですくって舐《な》めてから、私は聞いた。今日は平日だ。

「あ、そうです。大学二年です。でも今日は授業なくて」

「そうですか。……で？」

「あ、はい……。あのですね……」

彼はオレンジジュースをストローで少し飲んでから言った。私の目の前で、白いストローの中を、黄色い液体が上がったり下がったりする。どこを見ていいかわからなくて、なんとなくそこに焦点を当てていた。

「話すと長いんですけど……。あの、お名前水原さんですよね？　そう呼んでいいですか？」

「はい」

返事をした。礼儀正しい子だ。でも何故私の名前を知っている？　私は表札を出していない。彼に名乗ったことがあっただろうか。

「水原さんは、パソコン持ってますか？」

「いえ。持ってないです。ケータイだけ」

「……そうですか。じゃあネットとかチャットとか全然したことないですか？」

「いえ。短大の頃学校で少しぐらいは。今も仕事で少しは。ホントに少しですけど」

今時この年で、まったく触ったことないヤツもいないだろう。話が全く見えない。

「あ、そうですか。俺持ってて、パソコン。結構いつも触ってるんですよ。独り暮らしだし、ヒマだし。で、あの検索サイトとかわかります？」

「……キーワード打ち込んで、記事を検索するヤツですか？」

「あ、そうです。それで実は……。あの水原さんとは、たまにすれ違うぐらいじゃないですか？　お仕事とか全然何してるのかとか知らなかったんですけど。大学生かと思ってたし。あの、ちょっと前に買い物に行ったんです。そしたらそこにいらっしゃって、あの、カウンターに。あ、お隣さんだぁって思って。声かけようかとも思ったんですけど、俺のことわかんないかなぁとも思ったし、お仕事中だし。ま、そのまま帰って来たんですけど。ただあの、名札が付いてたから。ああ、水原さんっていうんだって思って。水原……ソノさんっていうんですか？」

「……そうです」

ぼそっと言って頷《うなず》いた。

「すみません。……一方的に知ってて、気持ち悪いですよね。……それで、あの、あ、こっからもっと謝らなきゃいけないんですけど。あの、検索サイトで水原さんの名前を検索したんですよ、俺。ホントすみません」

勢いよく言って、小川君は頭を深く下げた。オレンジジュースのストローの先が、髪についている。反射的に私はそれを手で払った。小川君がびっくりして顔を上げる。

「……ストロー、髪についてました」

「あ……、すみません、どうも……」

頭を整理して、ゆっくり私は口を開いた。

「つまり……、私の名前をネットで検索したってこと……ですか？」

「……そうなんです」

「えーと……、何で……？」

そう思うのが自然だ。わけがわからない。

「……自分の名前でもやったことがあるんです。あの、ホントにヒマな時とか……。友達の名前とかも検索してみたり、とか……。同姓同名の人とか出て来たり、変わった名前のヤツだと一件も引っ掛かってこなかったり。深い意味はないんです。ホントになんて言うかただのヒマつぶしで……」

気持ちはわからないが、事情はわかった。

「つまりヒマつぶしに私の名前も検索したってことですね？　……どれくらい引っ掛かってくるもんなのかって……」

「あ、そうなんです。でも知り合いでもないのにすごい失礼でした。ホントにそれはそっちにしたら、すげー気持ち悪いと思うし」

気持ち悪い、だろうか……？　ピンと来なかった。でも妙な不快感はある。しかしそれは彼が私の名前を検索していたからではなくて、話の本筋が見えて来ないからだ。

「それが、手紙とどう繋がるんですか？」

「そう、えーっと、それで。言いにくいんですけど、水原さんの名前を検索したら、まずデパートのホームページが引っ掛かってきたんですよ」

そうだろう。客向けのホームページを作っていて、「スタッフ挨拶」という項目で、総合カウンター代表として先輩と二人で出ている。名前も出してある。

「あと、それ以外に、私設ホームページのチャットルームに名前が載ってたんですよ。あの、同姓同名かもしれないとも思ったんですけど、とりあえずそこに飛んだんです。あの、そこのホームページに行ったたって意味ですけど」

「わかります」

またぴしゃっと言ってしまった。

「……そのページが、何か趣旨がイマイチわかんないっちゃあわかんないんですけど。多分、ブランド品の情報交換とか、服のメーカーの新作がどう、とかそういうことを載せてるカンジなんですけど。まあ女の子が見るようなカンジで。管理人も多分女の子なんだろうと思うんですけど。そこのチャットルームで、まああの、どこどこのバッグを安く買ったとか、もう使わないんで靴買いませんか？　とか……。あそこの新作かわいいとか……」

「……何となくイメージはわかりました。そこに私が載ってるんですか？　そんなトコ行ったことないですけど……」

「違うんです。そこで水原さんについての会話がされてるんです」

彼は、言ってしまった、というような顔で言った。

「私についての会話……」

「はい。あの思いきって言います。……最初は、どこのデパートの売り場が雰囲気がいい、とかそんなカンジの話だったんです。それで水原さんのデパートについての話になってって、あ、俺は参加せずに過去のを見てただけなんですけど。あそこの受付嬢の制服はかわいいとか……。そんで、あそこの背の高い子かわいいよね、とか書いてあって、そしたら、……」

　彼は一息ついて、よし、というような顔で今度は言った。

「『でもあの子、性格悪そうじゃない？　目つきキツイし』とかそんなカンジになってきたんですよ」

　なるほど。彼が言いにくい、と言った意味がわかった。でもまだ手紙には繋がらない。

「それで、そのうち、『水原園って子でしょ？　かわいいじゃん』とか、『えー、そう？　あのタイプは性格悪いって』とか。最初に水原さんを悪く言った人が、どんどん水原さんの悪口を書いてってるんですよ。そのうち、おかしいな、と思って。何でそんなこと知ってるんだ？　っていうようなことを書いてるんです。で、他の人も便乗してて」

「……どういうことをですか？」

「……『だってあの人、仕事仲間に遊びに誘われても全然来ないらしいし、ニコニコしてるけど誰もプライベート知らないらしいよ。友達の友達があそこに勤めてるから知ってるんだけど』とか、『何か、女の子達がダイエットとか化粧品の話とかしてても、私は関係ないわって顔してるんだって』とか……。そしたらまわりが、『あー、そういう女むかつくー』とか、『自分痩《や》せてるからってむかつくよね』とか」

小川君は決まり悪そうに言う。

「つまり……、そこで私は恨まれて、それで嫌がらせされたってことでしょうか。手紙だけじゃなくて、電話もかかってきてたんです」

私は溜息まじりに言った。カプチーノが今日はおいしくない。

「ケータイ番号とか住所は書いてないんです。だから、知り合いじゃないかと思って。水原さんの、番号とか住所とか知ってる人。すごく嫌な話ですけど。仕事場での話をよく書いてるんです。その最初に悪く言った人。だから職場の人なんじゃないかと……」

溜息をついた。

松田さんの顔が浮かんだ。職場の人間で、というと、やっぱり彼女なんだろうか？電話や住所だけじゃなくて、不特定多数の人に当てて私の悪口を言いたいくらい、そんなに私は恨まれているのだろうか。

「……そのページ印刷して来たんですけど。ひょっとして、見るかなあと思って」

「……見せてくれますか？」

彼はポケットから、折りたたんだ紙を取り出した。

「ホントに見ます……？　結構ひどいこと書かれてますけど」

「……見ます」

体が少し緊張した。
初めのうちは、彼が教えてくれたような内容の会話がなされている。「ニーヒャ」と名乗っている人が、彼が言う、「最初に悪口を言った人」だった。
ニーヒャ『あの子はさあ、でもよく見たらそんな美人系じゃないと思うのよ。小動物みたいな顔してんじゃん？』
みどりこ『ああ、わかるー！　そんなカンジ。小動物。それいい！　うける〜！』
まゆ『そうなのー？　今度顔見に行こ！』
ニーヒャ『スタイルいいし、化粧とか上手《うま》いからさぁ、かわいい雰囲気出てるだけなのよお』
まゆ『いるよね、そういう子。アンタ実はかわいくないから！　雰囲気だけだからっ！　みたいなの』
みどりこ『スタイルいいとさ、服とかうまく着れるからさ、だまされるよね』
ニーヒャ『でも、水原園は、スタイルいいっていうか、痩せすぎ？』
みどりこ『それは言える！　わたしも痩せたいけど、あれはちょっと。裸ホネホネだよ、きっと』
ニーヒャ『だって鎖骨気持ち悪いくらい出てるらしいよ。更衣室とかで着替えてる時見ると。くぼみでメダカ飼えそう？』
みどりこ『やばいってそれ！』
まゆ『え？　拒食症とか？　もしかして』
ニーヒャ『あ、でもそれはないみたい。その友達の友達が言ってたけど、毎日お弁当自分で作ってるんだって。で、他の子がコンビニのおにぎりとか食べてると、小ばかにした目で見てるらしいよ。アンタ女でしょ？　弁当くらい作れば？　みたいな』
まゆ『うっわー！　むかつくー！』
みどりこ『コンビニをバカにするって、日本国民全部をバカにしてるってことだよね』
まゆ『だよねー』
ニーヒャ『しかもさあ、水原園のこと好きだった男の人がいるらしいんだけど、デパート内に。その人を振ったらしくて、水原園が。超いい人なのに、その人。アンタに振る権利あるの？　ってカンジ。またその人も何で水原園？　ほんとにいい人なんだよ』
みどりこ『最悪じゃん！　超かわいそー、その人』
まゆ『ニーヒャさんその友達の友達に言ってさあ、なんか制裁加えてもらったら？

みんなで無視するとか……』

ニーヒャ『うーん、でもさあ……』

まゆ『だって自分だってその男の人の好意を無視したんでしょ？　同じことじゃん』

みどりこ『だね。そういうヤツって何かしないと気付かないんじゃない？　みんなのこと心ではバカにしてるってところですでに犯罪。なんかやったらニーヒャさん、ご報告を。応援してます』

そこで話は変わって、車を買いたいんだけどどこのがいい？　とかそんな話が始まっていた。

「……これっていつのなんですか？」

私は小川君に聞いた。

彼は日付を教えてくれた。記憶の糸をたどる。いたずら電話が始まった一日か二日前だ。

ニーヒャは友達の友達がうちのデパートにいる、と書き込んでいるが、それは嘘で、本当は自分がいるのだろう。堂島のことを「ほんとにいい人なんだよ」と主観的に書いてしまっている。

哀しくなった。何に？　自分がけなされていることではない気がする。この人達の悪意に？　本人達は正しいことを言っていると思っているだろうことに？　心ではバカにしているのは犯罪だと言いながら、自分達は匿名で人の悪口を書いているという愚行に気付いていないことに？

大きな溜息をついた。「虚《むな》しい」という言葉の意味を、私は今、体験していると思う。

「それで、俺、この間、夜、多分うちのアパートの人じゃない女の人が、駐車場走って出てくとこ見たんですよ。そしたらその後、郵便受けの水原さんの所に封筒入ってるの見て。中とかはもちろん見てないですけど、宛名《あてな》とかないみたいだったし。あのチャット見た後だったからひょっとして……って思って」

小川君が興奮気味に言った。

「それはいつですか？」

彼が日付を思い出してくれた。私は、もう一度記憶の糸をたどった。

最後の手紙が来た日だった。

なるほど。よくわかった。このチャットで、「ニーヒャ」は「みどりこ」と「まゆ」に、水原園は最低のヤツだ。罰を与えるのは当然だ。そうお墨付きをもらって実行に移した。

電話と手紙。でも電話は拒否され、手紙は小川君に顔を見られたかもしれないから止《や》めたわけだ。なるほど。

松田さんが、おいしそうにタバコを吸う姿を思い出した。

「その女の人の顔覚えてますか？」

私は小川君に聞いた。

「多分……。もう一回見たらわかります」

小川君は緊張した顔で言う。

あっ、と思った。去年の忘年会の時の写真があった。毎年年末の閉店後に、ホテルのパーティールームを借りきって、全従業員で行われている。適当に用事を作って逃げようと思ったのに、先輩に引っ張っていかれたんだった。あの時の写真を後から焼き増ししてもらっていた。確か松田さんと写っているのもあったはずだ。

「あの……写真持ってきます。見てもらえませんか。誰だったのか。巻き込んですみませんが……」

力なく言った私に、小川君は大きくかぶりを振った。

「いえ、そんな。元々俺も悪いことしてたし。見ます。写真」

自分の部屋に戻った。

ハルは寝ていた。排泄《はいせつ》もしていない。さっき出て行った時と同じ姿勢だった。

部屋も当たり前だがさっき出て行った時のままだ。

部屋の主《あるじ》の私だけが、さっき出て行った時と違っていた。

棚から、鮮やかなオレンジの背表紙のアルバムを取った。着ているカーディガンと同じ色だ。

＊

「この中にいませんか？」

先輩と私と、四、五人の女の子達と写っている写真を見せた。松田さんも写っている。

体全体が波打ちそうなぐらい、心臓が勢いよく打つ。

「小さくてすみませんが」

「いえ……」

小川君は真剣に写真を覗き込む。

「あ、この人です。小柄で美人の人でした。覚えてます。この人です」

彼が指差したのは、松田さんの隣で笑っている、西野めぐみだった。

今日は外泊できるということで、一応病院からバスに乗って、自宅に帰ってみることにした。

今日外泊できるということは、家族の誰にも言わなかった。言ってしまうと店を休んだり、仕事を休んだり、みんなが色々気を遣ってくれそうだったのでやめておいた。今日は園の家に泊めてもらって、ハルの様子を見に行きたかったので、自宅にはちょっと顔だけ出して、ケータイだけ取って帰ることにした。

玄関を開ける。店の昼の営業時間が終わったところなので、店内には真奈美と父親しかいない。

「あらっ、行！　どうしたの？」

テーブルに紙ナプキンを補充していた真奈美が、びっくりして大声をだした。厨《ちゅう》房《ぼう》の中で、鍋《なべ》に向かっていた父親も振り返る。

「いや、実は今日外泊を許されまして」

予想通りの反応に、俺は言った。

「そうなの？　言っておいてよ！　そしたら迎えに行ったのに。忍も今日休みだったのよ。もう友達とどっか遊びに行っちゃったわよ」

慌てる真奈美を俺は制した。

「いいのいいの。実は俺も今日ハルの様子見たくて姉ちゃんとこに泊めてもらうことにしてるし。ケータイだけ取りに来たの。ケータイ、俺の部屋？」

「ああ……、うん。部屋にあるけど……。そう、お姉さんの所行くの。まったく……。早く言ってくれればいいのに。ホントにアンタは……」

階段を上がる俺の背中に真奈美はブツブツ言った。「ごめんごめん」俺は振り返らずに言った。

久々の我が部屋のドアを開ける。尿の吸収シートが敷かれていない。ハルが部屋の真ん中に寝転がっていない。

俺の部屋ではないみたいだ。ハルが寝たきりになる前は、この状態が俺の部屋だったハズなのにな、と思う。

ああ、でも——。ハルが死んでしまったら、今のこの不自然な気がする部屋に毎日帰って来ることになるんだな。そして俺のことだから、すぐにそんな状態にも慣れてしまうんだろうな。

園と母親が出て行ったこの家にも慣れたように。忍と真奈美がやって来たこの家にも慣れたように。

机の上にあったケータイを持って、俺は部屋を出ようかと思ったが、園に会いに行くんだ、ということを思い出して、タンスを開けた。

このくたびれたシャツで行くと、また園に何か言われそうだった。何で姉に会いに行くのに、オシャレをしなければいけないんだ、と思ったが、園の仕事が終わるまで、東京でブラブラしようと思っていたので、やっぱりそれなりの格好をして行くことにした。

ロゴのかわいいTシャツに着替えて、上に薄手の黒いシャツを羽織った。

階段を降りると、父親が、

「昼ご飯は食べたのか？」

と、厨房から話しかけた。

「ん。病院で」

と言うと、

「そうか。じゃあ急いでないならお茶ぐらい飲んでけ」

と言って、客席の一つを顎《あご》で指す。そこに座れということらしい。

「じゃあ……。お言葉に甘えて」

ふざけてそう言って、テーブルに着いた。

真奈美がお茶をお盆に載せて運んで来た。湯のみに紅茶が入っている。ティーカップを取りに行くのが面倒くさかったらしい。

「この間もらったクッキーがあるんだ」

と、父親が缶ごとクッキーを運んで来る。蓋《ふた》を開けて、「ん」と言う。そのまま取って食べるらしい。「いただきます」と言って、クッキーをつまんだ。

中華料理屋で、缶に入ったままのクッキーを食べながら、湯のみで紅茶を飲む。園だったら耐えられないだろう。

「あら、これおいしー」

真奈美が子供のように声をあげる。家族ごっこをしてるみたいだ。忍もいたらよかったな、と思った。

この間の、母親の話を思い出す。園と母親がまだいる頃から、ここに出入りしていて、父親と恋愛していた真奈美。それを自分だけが知らず、今になって知ってしまって、それって結構ショッキングなことなんじゃないか？　と思う。でも俺は平然としている。そうだったのか。まあそういうこともあるかもね、と思っている。

宮本さんのことを思い出した。彼女が勝手に出て行ったのはそんなに問題じゃない、と宮本さんは言った。今ならわかる気がした。

「ねね、行。こっちのもおいしいわよぉ」

真奈美が嬉《うれ》しそうに言う。父親は黙々と食べている。

この二人も、忍も。園も。母親も。俺は誰も嫌いじゃない。それでいい、と思う。ただちょっと、誰のことも嫌いじゃないから、いろんなことがちょっと淋《さび》しい。

父親に内緒で、忍の父親を助けた真奈美。園から逃げている父親。俺にコンプレックスを感じていた忍。いつまでも父親を許さない園。真奈美に優越感を感じた母親。ちょっとだけだけど。ちょっとだけだが、やっぱり淋しい。

そういうみんなの事情を、淡々と受け入れてしまう俺も。


駅までの徒歩十分の道のりを、車で送ってくれるという真奈美の申し出を丁寧に断って、一人夕方の住宅街を歩いた。

どこかからカレーの匂《にお》いでもして来そうな、平和な光景だ。

「行？」

後ろから声をかけられた。聞き覚えのある声だ。恭ちゃんだった。

「ああ」

と俺も声をあげる。

「久しぶりだな、おい」

本当に久しぶりだ。恭ちゃんは俺に駆け寄って来た。

「入院中じゃねえの？」

「ん。今日は外泊。姉ちゃんとこ行くの。恭ちゃんは？　ゴールデンウィークだから実家帰り？」

「うん。でも今日だけな。家に仕事持ち込んでるから、今からまた帰るとこ」

「大変だね」

並んで歩きながら、恭ちゃんを盗み見た。

俺と同じような格好をしているのに、俺とは全然違う。やっぱり恭ちゃんはかっこいい。もう長い間「かっこいい人」をやっている貫禄《かんろく》のようなものを感じた。

恭ちゃんが喋《しゃべ》る度に、俺は真奈美の話を思い出して、恭ちゃんの唇が動くのを見てしまった。

この唇と、園の唇がキスしたんだろうか？　園の唇ってどんなんだっけ？　思い出せなかった。そう言えば、園と俺は目以外はそっくりだとよく言われたな、と思って自分の唇を触ってみた。そして俺は何やってんだ？　と虚しくなった。

「ん？　何かあったのかな？」

恭ちゃんの言葉で引き戻された。駅のロータリーに人垣ができていた。ザワザワと騒がしくて、人垣の向こうに救急車がいる。

「事故？」

「だろうな」

話しながら、俺達は駅に続く交差点を渡って、ロータリーをぐるっと回った。

救急車が少し移動して、俺達の近くに停《と》まった。人垣が散らばり始める。車が二台クラッシュしていた。こんな駅のロータリーでスピードを出していたのだろうか。結構な大破の仕方だ。

大声で何やら叫んでいる救急隊員が二人、人らしきものを担いで、救急車に、つまり俺達が歩いていた方へ駆け寄って来る。

あ、やだな。そう思ったけど遅かった。ダラダラと血を流して、首から上がだらりとなっている男の人らしきその人を、俺は視界にとらえてしまった。頭から、脳みそらしきグチャグチャとした物が流れ出ている。

その人を運び込んで、あっという間に救急車は発進した。「んんっ」恭ちゃんが咳払《せきばら》いのような音を発した。「びっくりしたね」言いかけた俺を制して、恭ちゃんは「ゆ、き」と言った。顔が真っ青だった。口元を手で押さえている。

「気持ち悪い？」

俺が焦って聞くと、

「ん。悪《わり》ぃ。トイレ……。どっか」

と弱々しい声を出した。俺は恭ちゃんの背中を押して、ロータリーに面している喫茶店に駆け込んだ。

「いら……っしゃいませ」

勢いよく入って来た俺達に、ウェイターが驚いている。

「トイレ借ります！」

俺達はウェイターの前を猛スピードで走り抜けた。

「恭ちゃん、大丈夫？　もういいよっ」

手洗い場に恭ちゃんの体をもたれさせて、背中をさすった。勢いよく恭ちゃんは吐いた。


ウェイターに頭を下げながら、俺達はテーブルについて注文をした。

「ごめんな。あー、カッコ悪。俺」

コップの水をグビッと飲んで、恭ちゃんは大きな溜息をついた。

「ううん。どう？　大丈夫？」

「ん。行が入院中だから倒れたりしないようにしっかり見てなきゃ、って思ってたのに。俺が倒れてどうすんだってカンジだよな」

ウェイトレスが、俺達が注文したアイスティーを二つ運んで来た。

「でもあいうのはダメな人は本当にダメだろうから」

アイスティーをずずっと飲むと、恭ちゃんもアイスティーを啜《すす》った。

「ああいうのってのは失礼だったたね。あの人助かるといいけど」

「うん。行、お前意外と平気なのな。体は弱いのに」

「うん。そんなには」

適当に答えた。本当は結構気持ち悪かったのだが、恭ちゃんが先にへばってくれたおかげで大丈夫だった。

「恭ちゃんにも苦手なものあったんだ」

スーパーマンのような人かと思っていた。

「あるだろ、そりゃ。ってか俺、結構苦手なもの多いぞ。虫関係全滅だし。暗いところとか、高いところとか」

恭ちゃんは顔をしかめる。

「へー。虫とかだめなんだ。子供の時からそう？　そんな印象ないけど」

子供の頃の恭ちゃんは、勉強ができてカッコよくて、運動神経もよくて、無敵。そんな印象だった。ただちょっと、自分ができることを鼻にかけている、というか、できないヤツを小馬鹿にしてて、少し冷たいお兄さん。俺にはそういう存在だった。

「行は？」

恭ちゃんは俺の顔を見た。

「ん？」

「苦手なもの」

考え込んだ。虫も平気だし、暗いところも高いところも大丈夫だ。

「うーんと……、コーヒー飲めないかな」

「それはお前、嫌いなもんだろ。怖いわけじゃないじゃん」

恭ちゃんが呆《あき》れた顔をして笑う。

「……だよねえ」

もう一度考えた。花粉症ってのも違うしな。

「うーん。怖いってのはあんまりないかも」

「行ってそんなカンジだよな。涼しい顔して何でもできるって」

恭ちゃんの言葉に「え？」と反応した。

「え？　何で？　それは恭ちゃんじゃん」

勢いよく言い返した。

「俺？　俺は全然涼しい顔してねえよ。別に何もできないし」

「え？　だって何でも一番だったじゃん」

「中学ぐらいまではな。でも必死だったもん、俺。一番取るのに」

「……そうなの？　俺、恭ちゃんはスーパーマンかと思ってた」

「……それは行だろ」

「え？」

と、もう一回大げさに俺は返した。

「必死になってなくても何でもできるじゃん、お前」

「……何でもできるって、そんなわけないじゃん。体弱いし。留年もしてるのに、俺」

「それはお前のせいじゃないじゃん。だって怖いもんないんだろ、お前。勉強もちょっとやったらそこそこできるしさ。特に人より苦手なもんってないじゃん?」

「……得意なものもないよ」

「全部そこそこできるだろ。スーパーマンじゃん。体がもうちょっと丈夫だったらさ」

俺は黙り込んでしまった。確かに特に全然できないってものはないかもしれない。でも誰にも負けないってものだってない。ただ無個性なだけだ。スーパーマンはそんなつまらないヤツじゃないはずだ。

「俺は負けん気強かったからさあ、ガキの頃。とにかく何でも一番じゃないと嫌で。必死になって色々やってたなあ」

「……努力しなくても何でもできるのかと思ってた。恭ちゃんは」

「んなわけねーじゃん。めちゃくちゃ必死だったたって」

「そうなんだあ……」

俺の持っていたイメージと随分違う。

「でも単純だったからさ、一番になりたいってだけで頑張ってたから。蓋開けたら自分の好きなことが何かわかんなくなってたなあ。大学受験とか就職活動とか苦労したぜ。やりたいことイコール一番になること、だもん。何選んでいいかわかんなくってさ。しかも高校ぐらいから、上には上がいるじゃん。もう一番も取れなかったし」

「……何学部だっけ？」

「経済学部、経済学科」

「……今、広告代理店でしょ？　習ったこと役に立ってるじゃん。姉ちゃんが言ってたよ。あいつ文学部出てデパガだから、習ったことと好きなこと役に立てられる仕事できる人が羨《うらや》ましいって」

俺がそう言うと、恭ちゃんはアイスティーを、もうほとんど無くなっているのでズッという鈍い音をさせて吸った。その時の表情が一生懸命で、ちょっと俺はおかしくなった。

「……んじゃあ、園に言っておいて」

ニヤッと笑う。

「日本は資本主義だから、どんな会社でも経済は役に立つんだよ。こじつければな。文学部はともかく、服やアクセサリーが大好きでデパート勤めてる園の方がずっと純粋だよ」

子供の頃よく見た恭ちゃんの笑顔だった。できないヤツを馬鹿にする時の。でも今は自分のことを馬鹿にしている。

恭ちゃんの言う通り、恭ちゃんは一番を取るために本当はいつも必死だったから、努力していたから、自分よりできないヤツを馬鹿にしていたのも頷けるかもしれない。俺よりは年上だったけれど、恭ちゃんだってまだ子供だったのだ。

「行くか？」

俺のグラスが空なのを確認して、恭ちゃんは席を立った。伝票をさっと取る。

「俺の分いくら？」

俺が言うと、

「あほ。お前の分ぐらい出すよ。助けてもらったんだし」

そう言って笑ってくれた。

「んじゃ、お言葉に甘えます。ごちそう様でした」

多分おごってくれるのだろうし、この状況で年下の俺からお金は取れないだろうなと思っていたから、俺はすぐ従った。

駅の切符売り場で、園のアパートの駅までの値段を確認していたら、ケータイが鳴った。メールだ。

「彼女?」

恭ちゃんがからかう。園からだった。

『ごめん。夕食作ってあげようかと思ったけど、美佐と食事に行くことになりました。悪いけどどこかで食事してきてくれる? 後でお金払うから。ハルには朝、水やって来ました。ハルの夕食遅くなっちゃって悪いけど。十時までには必ず帰ります。ホントにごめん。行もそれぐらいまでどっかで時間潰《つぶ》して来て』

珍しいな、と思ってから少し腹が立った。俺はともかく、ハルは? お腹減らしてるかもしれないし、水だって飲もうとして、こぼしたりしているかもしれない。

そしてもう一度珍しいな、と思った。園はそういうことのわからないヤツではない。それにいつもなら予定を変えるのを異様に嫌がる。美佐さんに誘われたぐらいで、ハルや俺のことをほったらかして、そっちを優先するとは思えない。

「どうした?」

考え込んだ顔をしていたのかもしれない。恭ちゃんが俺を見ていた。

「ん。姉ちゃん家《ち》に今日泊めてもらうんだけど、何か友達と食事して来るから十時まで帰って来るなって。勝手だよねえ」

「……じゃあ、夕食食ってくか?」

「あ、いいよいいよ。ごめん。恭ちゃんは家で奥さん待ってるでしょ？」

「今実家帰りしてるからいない。だから俺も外で飯食うつもりだからいいよ。それぞれ別々に食べるのも何じゃん」

それはありがたいけど、そうするとまた恭ちゃんはおごってくれてしまうんじゃ……と思っていたら、

「おごってやるよ、行。たまには男同士仲良くしようぜ」

そう言って、ニヤッと笑って、恭ちゃんはもう歩き出していた。

恭ちゃんの職場の近くの駅で降りて、オシャレな感じのイタリアンレストランで、二人で向かいあって座った。

周りはカップルばっかりで、やっぱり男二人の俺達は浮いている。

注文をし終わった恭ちゃんは、

「園とたまに来るんだ、ここ」

と言った。俺は少しビクッとした。また思い出した。オシャレな店のカップル席に座っていた園と恭ちゃん。何度もキスをしていた、と真奈美は言った。

「……結構しょっちゅう付き合ってくれてるんだよね？　姉ちゃんと。ありがとね。あいつ友達少ないからな」

俺が言うと、恭ちゃんは吹き出した。

「え？　何で笑うの？」

「いや。行も大人になったな、って。姉ちゃんのことでお礼言うようになったかと思うと」

大人の目線で言われて、俺はちょっとふてくされた。

「……園、食事食べてくるって誰と？　いつもの子？　高校と短大一緒だった子」

恭ちゃんが聞く。

「うん。美佐さん。恭ちゃんと美佐さんしか友達いないの。あいつ」

俺は言った。恭ちゃんとも「友達」だよね？　と心の中で聞いて、恭ちゃんの表情を盗み見た。いつもと変わらない。

「その分濃いんじゃないの？　広く浅いよりいいんじゃない」

なるほど。そういう考え方もある。

前菜が運ばれて来た。園もちょっとした店の、二人分で頼むとそんなに高くないコース料理が好きで、就職してからはよく連れて行ってくれた。いつも「カロリーが……」と言いながら食べている。普通高校生だったらこういう店にはなかなか来られないから、俺は園のおかげで貴重な経験をしているのかもしれない。

「……園元気？　って、行も今日久々に会うのか」

「うん。恭ちゃんの方が会ってるかもよ。あっ、そうだ。俺が入院した時、お見舞いくれたんだよね、姉ちゃんと一緒に。ごめん。俺すっかりお礼言うの忘れてた」

「ああ、本ね。俺も忘れてた」

パスタが運ばれて来て、その後にピザが来て、恭ちゃんは俺に自分の出身大学の話なんかを食べながら話してくれた。俺は勉強の話をして、たまに二人で「子供の頃あんなことしたよな」と昔話をした。

恭ちゃんは俺が思っていたよりよく喋って、よく笑った。子供の頃の少し冷たい雰囲気とは随分違っていた。楽しい、と俺は思った。自分の中で最新の恭ちゃんの印象がよくなって、正直ちょっと苦手だと思っていたのが払拭《ふっしょく》されて、そのことが嬉しい、と思った。

ただ一つ、恭ちゃんが園の話をすると、俺はやっぱり少し身構えた。

「園がよく勉強聞きにきたけどさあ。あいつ、めちゃくちゃ完璧《かんぺき》主義じゃん？　もう自分がわかるまで何回も聞いてくるの。ちょっとあの執念は怖かったな」

「え？　どんなふうに？」

「算数苦手だったんだよね、あいつ。分数とか。分数の割算が理解できないって、わかるまで教えてくれって真剣だった」

「分数の割算？」

「ん。割る方の分母と分子逆にして、掛算すればいいじゃん？　それはわかってんの。でもどうしてその公式が成り立つかがどうしてもわかんないんだって。でもそんなのわからなくたって、覚えれば解けるんだから覚えればいいじゃん？　それはどうしても嫌なんだって。どうしてそうなるかが理解できてないと、ど忘れした時にできなくなるから、わかるまで教えろって、最後の方涙目になって。わかんないってのが悔しかったんだと思うんだけど。こいつ、何ていうかすげえ根性だなって思った。職場では重宝されてるだろうなあ」

「それで、最後はわかったの？　その公式」

「どうだったっけ？　多分わからなかったんじゃないかなあ。中学入った頃からあんまり聞きに来なくなったな。でも中学入ってから、急にしょっちゅう髪型変えたり色気づいてきたよな、あいつ」

「そう……だったかもね」

俺は記憶の糸をたどった。

「でも別に男と付き合うとかはしてなかったな、全然。変なヤツだ、昔から」

恭ちゃんは笑う。

「でも……なんか、あんな気の強そうな顔してんのに、実際気ィ強いのに、ちょっと放っておけないカンジすんだよな」

ちょっと真面目《まじめ》な顔になって、恭ちゃんは言う。

「姉ちゃんが……？」

聞いてみた。なぜか恐る恐るになった。

「ん。ちょっとね。危なっかしいっていうか……」

恭ちゃんは言葉を濁す。

「……恭ちゃんの奥さんってどんな人？」

なんとなく恭ちゃんが園の話をするのが聞きたくなくて、俺は話を変えた。

「ん？……んと、そうだなあ。気合入ってないカンジのヤツ」

「キャリアウーマンじゃないの？」

年上で美人のキャリアウーマンと聞いていたから、いかにもきりっとしたキツそうな人を想像していた。

「世の中が言ってるキャリアウーマンの条件は満たしてるけど、イメージは全然違うなあ。ふわあっとしてるっていうか……そのまんまなんだよなあ。ちょっと天然」

「そうなんだ……」

ちょっと想像がしにくかった。自分の母親みたいな人だと思っていた。でも素のままで天然なら、どっちかっていうと真奈美の方だ。

「最初すっげえ嫌いだったんだよね、俺。先輩だったんだけどさ。すっげえ頭よくて美人なのに、全然鼻にかけてなくて、天然なこと言うし。みんなとバカみたいに騒いでるし。何でもできて美人でって、妬《ねた》まれるじゃん？　それの裏かいて、わざと天然なことしてると思ってたの。計算してる嫌なヤツで、まだ鼻にかけてるヤツの方がマシだって思ってたんだけど。付き合ってるうちにこいつホントに天然なんだって思って。そしたらハマった」

「ハマったんだ？　恭ちゃんが？」

俺が聞くと、恭ちゃんは照れたような顔で言った。

「自分がどっちかっていうと鼻にかけてたから。勉強とかできるのを。でもうちの奥さんは俺より全然何でもできるのに、そんなヤツで。何か自分がすっげえカッコ悪いなって思って」

言い終わっても、恭ちゃんはまだ恥ずかしそうだった。それを見て俺もちょっと恥ずかしくなった。恭ちゃんが子供の頃よりずっとずっといいヤツに見えるのは、その人のせいなんだろうか。

園と恭ちゃんのことを疑うのはもう止めよう、とも思った。恭ちゃんは恭ちゃんの方法で、今日俺に優しくしてくれているように、園にも優しくしてくれているんだろう。昔から恭ちゃんは俺達のお兄ちゃんみたいなもんだった。そして恭ちゃんも、園ももう大人だ。母親が言っていたように、大人同士の二人の関係は、他人にはわからない付き合い方があるのかもしれない。そう思うことにした。

恭ちゃんに何度も何度もお礼を言って、俺は園のアパートの駅に、十時ぴったりに着いた。

さっきの園のメールを思い出して、ちょっと心配になった。恭ちゃんも言っていたが、完璧主義で、予定を変えるのが大嫌いな園。それが美佐さんなんて久々でも何でもない友達と会うために、俺やハルのことを放ってまで予定を変えた。美佐さんか園に何かあった？　どうしても親友にそばにいてもらいたい何かが？　だとしたら、美佐さんに何かがあったという方が、可能性としては高いか？　そう思いながらもちょっと早足になる。

さっきの恭ちゃんの分数の話を思い出す。どうしても分数の割算の公式が理解できなかった園。中学校に入ってから、オシャレに目覚めて、今ではすっかり着道楽の園。でも男と付き合っている、とかそういう話は全然聞かない。

そうだ。いつも少しだけ引っ掛かっている。園は何のために、誰に見せるために、オシャレしてるんだ？

アパートの前に着いた。二階への階段を登る。風が生ぬるい。

園の部屋の前に立って、チャイムを押す。

「行？」

中から園の声がした。

「開いてるから入って来て」

「おじゃまします」

と、玄関を開けると、相変わらず真っ赤だとか、ポスターカラーのような水色だとか、黄色だとか、いろんな色が入り混じった、しかし完璧に整理されている、園という人間を表したような部屋があった。

その真ん中で、尿の吸収シートを敷き詰めた床の上にかがんでいる、園の痩せ過ぎの背中があった。

ハルにエサをやってくれている。ピチャピチャと、ハルが牛乳に浸したドッグフードを食べる聞き慣れた音がしている。

「ごめんね。今急いでエサ作ってやったトコ。でもあんまり食べないのよ、今日。時間いつもより遅くしちゃったから、逆に食べられなくなっちゃったのかな。ごめんね」

最後の「ごめんね」は、俺に言ったのか、ハルに言ったのか。

「たまに食欲ない時もあるから、半分ぐらい食べたら後は無理にはいいよ」

俺は部屋に上がった。

「ん。ごめんね。もう今日みたいなことはしないから」

園はハルの体を、シートに寝かせた。ハルはゲフッとゲップをした。

「久しぶり」

ハルの頭を撫《な》でた。ハルは寝たまま少しだけ鼻を鳴らした。

「何かあったの？」

園に聞いた。

「……ん。ちょっと美佐がね。色々あって取り乱してたから」

そう言って俺の方を見た園の、ロウ人形のように白い顔に俺はびっくりした。

「どうした？　体調悪い？　顔真っ白だよ」

「ん？　化粧落としたからでしょ？」

園はムッとして言う。

「……何かあった？」

俺はもう一回聞いた。

「……だから美佐が。彼のことでちょっとね」

「そうじゃなくて、姉ちゃんに」

「……何で？　何にもないよ」

嘘をつけ、と俺は思った。目が腫《は》れぼったい。化粧を落としたって、いつもはこんなに顔色も悪くない。何かあったのは美佐さんじゃなくて、姉ちゃんの方だ。

そう思ったけれど、園の性格を考えると、自分から話さない時は、こっちから聞いても絶対に言わないのをわかっていたので、俺はそれ以上何も言わなかった。

ハルの頭を、俺は撫で続けた。

生きているハルに俺が触れたのは、この時が最後だった。

正義の闘い

休憩室を出た廊下で、堂島とすれ違った。コンビニの袋を手にしている。すれ違いざまに、「お疲れでーす」と機械的に言われ、私は「すみませんでした」と返してしまった。

「……え？」

堂島がびっくりして振り返る。

「……何が？」

怪訝《けげん》そうに私の顔を見る。しまった、と思った。犯人かと疑ってしまって、すみませんでした。心でそう言いながら、仕方がないので、

「……この間休憩室で避けたみたいになってしまって」

と言った。堂島は少し考えてから、

「……あっ、この間……あー、そんなの気にしてなかったのに」

と笑った。優しい笑顔だった。

「いえ……。後からカンジ悪かったかな、と思って。すみません。あの時はホントにコーヒーが飲みたかっただけだったんです」

私は必死に言う。

「もしかしてさあ……」

堂島がいたずらっぽく笑いながら、吸煙機に寄りかかって手招きする。私が近付くと、小声で耳打ちするように彼は言った。

「西野さんの香水？」

びっくりした。びっくりしたので、焦って言葉が出て来なかった。

「……えーと、あの……。え、ええ。実は」

「やっぱり。俺《おれ》もあの後しまった、って思った。いい匂《にお》いでもさ、食事の時にはちょっとキツイかなって」

堂島はいたずらっぽく笑う。そして今度は照れたように笑って言う。

「あ、でも嬉《うれ》しいな。水原さんが気にしてくれてたなんて」

「えーと……」

「あ、大丈夫大丈夫。変な期待はしてないから、ホント」

今度は焦って、言い訳をする子供のような顔になった。表情がくるくる変わる。面白い、とちょっと思ってしまった。

「休憩終わったの？」

堂島が聞く。

「はい。堂島さんはこれからですか？」

「そう。頂いてきます」

笑って去ろうとした彼に、「あの」と声をかけた。「ん？」と堂島が振り返る。

「……コンビニのお弁当っておいしいですか？」

「え？」

と、堂島が目を丸くする。

「うーん……、あたりはずれはある気がするけど……。最近は結構おいしいのも多くない？　嫌いなの？」

「……食べたことないんですよ」

「え？　一回も？　そっかぁ、すげえなあ。ちゃんと自分で作ってるんだ。料理する人にはやっぱりおいしくないかなあ。でも、ホントそこそこのもあるよ。……今度俺のお勧め教えてあげよっか？」

また子供の顔になって笑った。

「お願いします」

私もつられて笑った。

仕事が終わってから、急いで更衣室で着替え、電車で一つ向こうの駅の近くのバーに向かった。

美佐からケータイにメールが入っていた。

昨日は疲れ果てていたのだが、美佐にだけは『犯人がわかった』とメールで連絡しておいた。美佐はもう寝ていたらしく、昨日は返信は来なかったが、『びっくり！ 仕事終わる頃そっち行っていい？ 先に適当なお店に入って待ってるね』今日になってそういうメールが来ていた。

今晩は行が泊まりに来るし、ハルにエサもやらなければいけないのだが、心配して来てくれた美佐を追い返すわけにもいかなくて、仕方なく行に遅くなる、とメールをした。

美佐が先に行った店は、二人で一度だけ一緒に行ったことのある店だった。いつもの店では私達はもう顔馴染《かおなじ》みになってしまっているので、深い話はしづらいと、美佐は気を遣ってくれたようである。

職場から歩いて行けないこともないが、美佐を待たせているので、電車に乗った。駅を降りると、ゴールデンウィークの浮き足立っている夜の街が私を迎えた。あちこちのデパートの電飾と、いろんな種類の人の足音。微《かす》かに感じる夜の匂い。いつもは好きなこの不安定なカンジ。今日はただうざったいだけだった。

背の高いサラリーマンとすれ違って、また恭司のことを思い出した。犯人がわかったことを、恭司にも伝えなければいけない。恭司の隣で子供みたいに笑う、沙織さんを思った。疑ってごめんなさい。おいしそうにタバコを吸う松田さんの姿を思う。ごめんなさい。何回謝っても足りない。


美佐はカウンターではなくテーブル席にいた。向かい側に座って、私はウーロン茶を頼んだ。お酒を飲む気分ではなかった。

よく見ると、美佐もウーロン茶を飲んでいる。妙な客かもしれない。

適当に料理を注文してつついた。食べながら、昨日の一件を話す。

「あの、たまに話にでてきた、小柄で美人な子？」

美佐が聞く。私は頷《うなず》いた。

「……その子ってさ、なつかれてるって言ってなかったっけ？　よく食事とか誘われるって」

「そう。一回も行ってないんだけど。別に他の人とも行かないんだけどさ。でもそうやって断ってると、普通どんどん誘われなくなるでしょう？　それなのに、確かにその子は何回も誘って来てた」

「それでも来ないから、恨んでる……とか？　まさか、ねえ」

美佐は「わけがわからない」と言い捨てて、苦笑いをした。ウーロン茶を二人同時に啜《すす》る。

「昨日考えてたんだけど、どう考えてもそこまで恨まれる理由がわかんない」

確かに私は西野めぐみが好きではなかった。だから彼女が私になついてくるのものらりくらりとかわしていたが、私は完璧《かんぺき》に人のいい演技をしていたつもりだった。昨日見せてもらったチャットでの会話を思い出す。

ダイエットの話をしている同僚達に、私は関係ないんだ、とツンとする私。コンビニでお昼を済ます同僚達に、お弁当ぐらい作ったらどうだ、と冷ややかな視線を浴びせる私。確かにその通りだ。その通りだけど、私の完璧な演技が、西野めぐみのような自分を客観的に見ることもできない子に、見透かされていたとは思えない。もし彼女が見透かしていたなら、他の人達もとっくに気付いていたのかもしれない。私の「冷血女」である本性に。そう思うと顔がカアッと熱くなる。何かが崩れる。何だろう？　プライド？　意地？

「で、どうするの？」

美佐の言葉で引き戻された。

「どうするって？」

「対決するの？　その子と」

「……そこまで頭が回らない」

「だろうねえ。今日は会ったの？」

「休みだった。向こうが」

「その子ってさ、もともと私達とはちょっと違う常識の子なんでしょ？　親にお弁当作ってもらってるとか、それを捨ててたとかさ。だから、私や園には全然想像つかないようなことで怒ってるのかもね」

「……例えば？」

「……だから、私達には想像できないんだってば」

私は溜息《ためいき》をついた。またあのセリフが浮かぶ。

「沙織しか愛せないし、愛すつもりもない」

うるさいっ！　と恭司ではなく、自分に心で言った。

その時だった。

「あれっ、水原さんじゃないですかぁ？」

背後から聞き慣れた、甘ったるい声が聞こえた。振り向かなくてもわかる。西野めぐみだ。こんな偶然ってあるだろうか？

彼女は店員に案内されて、私達の隣のテーブルに座った。

「注文は、すみません。揃《そろ》ってからで」

と店員に告げる。待ち合わせらしい。

「ゴールデンウィークに休みもらってすみません。私今日は、友達のグループ二つはしごなんですよぉ。今から二組目」

私の方を向いて、ニコニコ笑いながら言う。不思議と憎い気持ちはなかった。ただただいつもと同じ。うっとうしい。その甘えた声も喋《しゃべ》り方も、淡いピンクのボートネックのサマーセーターと黒いミニスカートも。いつものように似合っていない。完璧なメイクの派手な顔が、淡い色と合っていない。ミニスカートも有り得ない。足は骨格がしっかりとしていて、お世辞にも細くない。

「私、お手洗い行って来ますね」

めぐみは席を立った。

「園の職場近くは避けたつもりだったんだけど。職場の人だよね？　まずい？　店変える？」

美佐が心配そうに私の顔を覗《のぞ》き込んだ。

「っていうか本人」

私は頬杖《ほおづえ》をついて憮然《ぶぜん》として言った。

「うそっ！」

美佐が驚いて大声を出す。その後、

「……思ってたより美人」

と、付け足した。

「どうするの？」

「どうしましょう？」

めぐみが戻って来た。こちらを向いて言う。

「水原さんのお友達ですかぁ？　水原さんって友達までキレイ。ホントに何でもすごくて羨《うらや》ましい」

おかしな日本語だった。美佐は「どーも」と言いながら、愛想笑いをしたが、表情は強張《こわば》っている。

「水原さん、よくこの店来るんですかぁ？　私も時々来るんですよぉ。ここお酒も料理もおいしいと思いません？　でも食べ過ぎちゃうんですよね。太っちゃう。水原さんみたいに細くなりたいんだけどなぁ、私」

めぐみが言い終わると同時に、いつもの香水が香ってきた。大嫌いなこの匂い。私の中で何かが弾《はじ》ける音がした。

「……鎖骨でメダカ飼えるぐらい痩《や》せたいわけ？」

私は頬杖をついたまま、めぐみの方を見て、ゆっくり言った。

私の向かいでは、美佐が困った顔で黙っている。

とてつもなく長い沈黙が流れた気がした。

実際はどれぐらいだったのだろう。沈黙を破ったのは、めぐみの間の抜けた声だった。

「……え？」

「……鎖骨でメダカ飼えるぐらい痩せたいの？」

もう一回私は、さっきよりもゆっくり言った。めぐみは黙っている。しかし顔がみるみる青ざめていく。人間が青くなるのを初めて見た。

「園……」

美佐が意味もなく、私の名前を呼ぶ。

「何の……ことですかっ……」

めぐみが青い顔で声を絞り出した。充分だった。その顔とその言葉とその声で、彼女が犯人だったのは間違い無かった。

「……ネットで妙な書き込みするのは止《や》めてくれる？ それから非通知電話と手紙も。仕事以外のことでもう一切私に話しかけないで。そしたらこれで終わりでいいから」

そう言って私は席を立とうとしたが、めぐみの声に制された。

「……だって……」

めぐみは唇をキュッと噛《か》んで、私の方を見た。

「だって……、水原さんが悪いんですよ。いくら仕事ができて何でも完璧でも、もう大人なのに人を差別するなんて許されないと思いますっ」

「差別……？」

私と美佐の声がかぶった。

「……私、水原さんはスタイルもいいし、仕事もできるし、お客さんにもホントに愛想よくて、ホントにすごい人だなって思ってて。お弁当とかもちゃんと作ってるし、オシャレだし。尊敬してたんです、水原さんのこと。なのに、あんなひどいことするって思わなかった。他が完璧でも、そんな基本的なことが、幼稚園で習うようなことができない人なんて、人間としてどうかと思います。最低です。私は何にもできないけど、水原さんには一つもかなわないけど、でも水原さんみたいに冷たくはないと思いますっ」

めぐみは涙目になって、私を睨《にら》んで言った。周りの客が私達の方をチラチラ見ている。めぐみの大きなキレイな目に睨まれて、私はちょっとぞっとした。

「……何のこと言ってるかわかんない」

私は呟《つぶや》いた。めぐみはそれを聞くと、ほら、と言わんばかりに得意げな表情になった。

「自分では気付いてないんですよね、自分が最低のことしてるって」

勝ち誇ったように言う。

「……何のこと？」

「老婆《ろうば》に」

めぐみはそこまで言って、試すような顔で私を見る。

老婆？　魔女のこと？　あのガリガリのピンクの魔女。彼女の姿を思い浮かべる。

「あの、水曜日に来るピンクの服のお婆《ばあ》さん。あの人と水原さんが話してるの見たことあるんです。あの人、水原さんに何か一生懸命話しかけてました。水原さんの手を取ったりして、何かすごく楽しそうだった。何話してるのかな？　ってちょっと気にして見てたんです、私」

あの、「あなたは私みたいになれる」と言われた時だろうか？

「その後、あの人帰って行って、水原さんが持ち場離れてどっか行くからどうしたのかなって見てたら、水原さん従業員用のトイレに入ったでしょ？　それで手を洗ったんですよ。石鹸《せっけん》つけて。トイレには入らなかったのに、ですよ？　手だけ洗いに行ったんですよ。ひどい、と思います。触られたのが嫌だったんでしょ？　確かにあの人はちょっとおかしいかもしれないけど、いつもニコニコしてるし、ああいうふうになっちゃったのは何か事情があるんだろうから、みんな半分困りながらも、あの人のこと結構好きだったりするんです。悪い人じゃないし。なのに、水原さんは手触られたからって、汚いものに触ったみたいに一生懸命洗ってた。許せません。差別です。他が完璧で、仕事も先輩達に混じって総合カウンター任されてるかもしれないけど、そんな人間として基本的なところが欠けてる人に、接客業が務まるなんて思えません」

めぐみは一気に喋って、何か言い返してみろ、とでも言いたげに、私の顔を強く睨んでいる。

キレイだな、と思った。キレイな顔だった。顔の造りだけではない、表情がキレイだった。それは多分、彼女が今、正義の闘いをしているからだろう。正義を振りかざして、悪、すなわち私のことを追い詰めている。自分が正義だと信じて疑わないのだろう。だから彼女はいい顔をしている。

「……だから、私は最低の人間だから、いたずら電話や手紙や、不特定多数の人が見るああいう場所で、悪口を書かれても仕方がない、っていうよりそれぐらいされて当然だってわけね」

私はゆっくり、息を吐きながら喋った。

「それから、水原さんのことは信用しなくなりました。みんなが色々話してるのもいつも笑って相槌《あいづち》打ってるけど、本当は心の中で差別してるんだろうって思って。してるんですよね？　ダイエットの話とか、彼氏が欲しいとか、ムダムダって笑ってたんでしょう？　水原さんみたいに、生まれつきかわいくて、スタイルいい人とは違うって、私達のことも差別してたんでしょ？　だからどこに誘っても付き合わないんですよね。あの、幼なじみっていうかっこいい男の人とか、この人みたいにキレイな人とかしか、自分と付き合う資格ないって思ってるんでしょう？」

めぐみの言葉は、興奮して語尾が震えていた。めぐみのテーブルの脇《わき》に、困った顔をして女の子が二人立っていた。

「……めぐみ？」

一人が恐々《こわごわ》、といったカンジで話しかける。めぐみと同じような服を着て、同じようなメイクをした女の子達だ。

「美佐、帰ろう」

私が席を立つと、めぐみがまた声を上げる。

「逃げるんですか？」

その勝ち誇った声に、また何かが弾けた。

振り返って、めぐみのピンクのセーターをぐっと摑《つか》んだ。自分でもその行動に少し驚いた。ドラマでよくある、男同士がケンカをする時のシチュエーションだ。私に服を摑まれて、座っていためぐみは立ち上がることを余儀なくされた。

私の顔とめぐみの顔が近付く。めぐみはピンク色のグロスを付けすぎの唇を、小刻みに震わせていた。

「もう一回言うわ。今後仕事以外で一切私に関わってこないで。そしたらこれで終わりにしてあげる」

言い終わった私は、めぐみの服をパッと放した。解放されためぐみは、ストンとさっきまで座っていた椅子《いす》に収まった。

「ごめん、美佐。後で払う。会計しておいて」

私は店を後にした。


美佐が私のアパートの近くの駅まで送ってくれた。

二人で、改札を抜ける前にある、カフェに入る。私はいつも通りカプチーノ。美佐はブレンドを頼んだ。会計は私が出した。美佐は断らず、「ありがとう」と言った。

「……ホントに手ぇ洗ったの？」

コーヒーをふうふう冷ましながら、美佐が私に尋ねた。

「……洗った、と思う。多分」

「でも、園、それってさあ……」

「香水」

「やっぱり？　そうかなあと思った。あんたホントに匂い苦手だもんね」

「……結構みんな好きだったりする、ね」

「ああ、そのお婆さん？　前に園が魔女みたいって言ってた人でしょう？」

「そう」

「……園好きなんでしょ？　その人」

「好きっていうか……」

「似てるよね、園に。話聞いててそう思ったよ」

しばらく二人で黙っていた。窓ガラスに、私と美佐が映っている。

私の服に付いている、ガラス玉のピンクが反射している。ちょっと前に、美佐と買い物に行って見つけた服だ。ボタンの代わりにガラス玉を使っていて、いかにも安っぽい五個あるそれは、大きさも形も色も全部バラバラだ。

「こんな服買う人いるのかなぁ？」と美佐が茶化したのを、私が気に入って買った。

私ぐらいしか買わない服。私のための服。

窓に光るピンクを、ぼうっと眺めた。

「……あの子自分がすごく美人なのに気付いてないのかな」

「……園のこと好きだったんだろうね、あの子」

「あの子の方が生まれつきキレイじゃない、全然私より」

「うーん。自分がキレイなことに気付いてるかどうかはわかんないけど。悔しかったんでしょ。自分ができないことを完璧にこなしてく園が。だから、園が手洗ってるところ見た時、嬉しかったっていうか……、うーん、ホッとしただろうね」

「……ホッと？」

「……園のこと嫌いになれる理由ができて」

「私は……、他のことできなかったからさ。生活とか見た目小綺麗にしとくことだけは、って思って。努力してるんだよ。生まれつきじゃなくて」

「わかってるよ。でも、努力ができない人もいるんだよ。ついつい自分のこと甘やかしちゃう人。園みたいに自分に厳しい人は珍しいよ」

私はカプチーノを啜った。泡が唇に付いて、指でさっと拭《ふ》いた。

「……ちょっとだけわかる。あの子の気持ちも」

美佐が言う。

「あの子は、自分で園に対して持ってる感情のやり場がなくて、自分で理由付けて自分の行動を正当化して、ああいうことしちゃったんだよね。それは絶対許されないし、幼稚だし、最低だけどさ。でも……、園見てるとそういう気持ちになっちゃうのはわかんないでもないなあ。ごめんね。もちろん私は園の味方だよ。あんたのいい所も悪い所も全部好きよ。でも、園ってホントに何でも完璧で、園見てると、自分がすごくだらしない人間に見えちゃう時もある。確かに私はだらしないんだけど、それはそうなんだけど。そこまで何もかも完璧にしてるといつか壊れちゃわないかな？　って、友達としては手抜きすることもお勧めしたくなるというか……」

美佐の言葉がだんだん遠くなっていった。

子供の頃、恭司に算数を教えてもらったことを思い出した。分数の割算。どうしても理解できなかった。

「そんなのわかんなくても。園はかわいいし、しっかりしてるから。大丈夫だよ」

恭司は言った。

美佐と別れて、改札を抜けた。階段を降りる。一段降りる度に、頭を強い振動が襲う。それはだんだんと大きくなっていく。

あっ、と思った時には遅かった。残り二段か三段の階段を、私は頭から落ちていった。

激しい痛みに襲われた気がした。でもどこが痛いのかわからない。

助けて。

恭司。恭司。恭司。恭司。

誰かが体を起こしてくれた。

「大丈夫ですか？」

恭司ではない。

「大丈夫ですか?」

駅員さんだった。恭司ではなかった。

「……大丈夫です。貧血です」

私はゆっくり立ち上がった。


アパートに着いて、郵便受けを確認した。何も入っていなかった。

行はまだ来ていなかった。

玄関で電気を点《つ》けた。生きものの、ハルの匂いがいつもより薄い。慣れてしまったのだろうか。西野めぐみの香水を嗅《か》いだからだろうか。

私が入って来た気配を感じたのか、ハルが体を起こそうとする。肢《あし》がプルプル震えて、またすぐ、ぺたっと倒れる。わかっていないのだろうか。もう起き上がるのは無理なのに。

私や行が、ハルが死ぬのを覚悟していることは、ひょっとしたらハルに対して失礼なのかもしれない。ハルはまだ生きようとしている。

部屋着に着替えて、化粧を落として、ハルにエサをやった。

チャイムが鳴った。行だ。

「行？　開いてるから入って来て」

私が言うと、ガチャッとドアが背後で開いた。ハルを抱えているので、私は振り返れない。ひょっとして、行じゃなくて、恭司だったりしないだろうか。そんなことを考えたが、

「おじゃまします」

背後で聞こえたのは、やっぱり行の声だった。

私は本当は、ずっと前からわかっていたのだ。恭司が私を助けには来ないことを。ほんとはとっくに知っていたのだ。けれど、ずっと長い間、私はそれに気付いていないふりをしていた。

はるがいったら

ハルが死んでいるのに気付いたのは、園が風呂《ふろ》からあがって来た時だった。

パジャマ姿で、髪の毛をバスタオルで拭《ふ》きながら、園は冷蔵庫を開けて、紙パックの豆乳を取り出した。

「飲む？」

俺《おれ》に聞いた。

「ううん。いい」

俺はテレビのスポーツニュースを見ていた。

園は豆乳をグラスに注《つ》いで、俺の方へ歩いて来た。

「この間、牛乳切らしちゃって、豆乳でハルのエサやったんだよ」

隣に座り込んで言った。

「へえ。ハル嫌がらなかった？」

「うん。別に平気だったよ」

そう言って園は、ハルの方に向き直って、「ね、ハル」と言った。

そしてしばらく黙った後、「ゆ、き」と変なふうに俺を呼んだ。

「ん？」

俺はテレビを見たまま言った。

「死んだ」

園が呟《つぶや》く。

「……え？」

俺は這《は》いつくばって、近寄った。

「……ハル」

体を少し揺すった。動かない。

「ハル」

口元に手を当ててみた。呼吸をしていない。

ハルが死んだ。

「……どうする？」

先に口を開いたのは園だった。

俺達はしばらく、動かずにじっと黙っていた。

「……どうする？　って……。普通どうするのかな？　こういう時」

俺は姿勢も目線もそのままで、園にぼそっとそう言った。

園は少し体を歪《ゆが》めて、ハルの頭をそっと撫《な》でて、それから俺の方を見た。

「……別に普通じゃなくても。あんたの好きにしたらいいのに」

園の濡《ぬ》れた髪が揺れて、ハルのお腹《なか》あたりをくすぐった。園は、指でハルの毛を弄《もてあそ》び始めた。俺はその指先をじっと見ていた。

「……普通に、って言うんだったら、まあ焼き場に持ってく、だろうね。こんな大きな子埋められないし。佐々の家にも庭ないし。……家の近くに焼き場とかないの？」

「……わかんない」

俺の声は少し掠《かす》れた。

「……死ぬの覚悟してたって言うから、そういうの調べてあるかと思った。まあ、私もだけど」

本当だ。どうしてだろう？　介護はあんなに一生懸命していたのに、どうして俺は死んだ後のことを何も考えていなかったのか。

「どっちにしても今日は無理だから、明日の朝焼き場に連れてくかな。行は明日の朝病院に戻らなきゃいけないんだよね？　私は……仕事休めるかなあ。ゴールデンウィークだしなあ」

園がそう言った時俺のケータイが鳴った。二人して振り返った。

「……出れば？」

園が言う。忍からだった。

「……もしもし」

「もしもし、行？　お前今日帰ってたんだって？　早く言えよなあ。俺今友達送ってって、東京なんだけど。お前もう姉ちゃん家《ち》にいるの？」

受話器から、忍のいつもの声がする。電話が遠いわけではないのに、何だか遠くから聞こえる気がした。

「忍、車？　どこにいるの？」

「ん？　遊びに行くか？　今……」

「……ハルが死んだんだ」

「え、……え？　そうなの……？」

「……で、どうするかまだ決めてないんだけど……。姉ちゃん家来てくれないかな。車あると助かるんだけど。どうするにしても」

「あ……、わかった。そこの住所教えて。すぐ行くわ」

忍の車にはカーナビが付いている。園に住所を教えてもらって伝えた。

「勝手に呼んじゃったけど、よかった？」

電話を切って振り返ると、園はまた座り込んでハルの毛を触っていた。

「それは別にいいけど……。来てもらってどうするの？」

こっちを見ずに言う。どうしよう。俺は黙った。

「ネットとかで調べればわかるよね？　私、ちょっと焼き場調べてもらって来るよ。ここから近い所と、佐々の家に近い所」

園はそう言って、立ち上がった。

「調べてもらうって、誰に？」

「お隣さん」

園はバタバタと部屋から出て行った。

俺は園が座っていた場所に座り込んだ。目の前にハルがいる。

あいつ、パジャマのまま出て行ったんじゃないか？　「お隣さん」とはそんなに親しいのだろうか？　それも意外だ。

まあいいか。ハルの死体をぼうっと眺めた。さっきまだ生きている時に、体を撫でてやった。それと全く変わらない姿だ。でも死んでいる。

それが自然のことのような気がした。こんなボロ雑巾《ぞうきん》みたいなガリガリの体で、よく生きていたもんだ。

「生きてる」と「死んでる」の違いって何だ？　そんなことをふと考えた。さっきと全く同じ姿なのに、さっきは「生きて」いたハルが、今は「死んで」いる。ひょっとして、ハルはもうずっとずっと前から死んでいたんじゃないだろうか。そんなわけのわからないことも考えた。

リンゴが好きだった。テーブルからハルに向かってリンゴの八つ切りにしたのを投げてやると、ジャンプして口でキャッチして、シャキシャキと音をさせて食べた。

クリスマスにシャンパンの栓を父親が飛ばしたら、びっくりして腰を抜かした。それ以来、ビン状のものを見ると、急いで逃げた。

雪が積もった日、園と恭ちゃんと三人で、ハルの散歩をした。道路の横の溝《どぶ》に雪が積もって上げ底になっていて、気付かずハルと俺が歩いたら、二人で溝にスポッとはまった。

園と恭ちゃんに大笑いされた。

俺と園がおやつを食べていると、前肢《まえあし》で俺達の背中をトントンとやって、「僕にもくれ」とせがんだ。

心の底の方で、何かがチリチリと鳴っている気がする。「哀しい」とか「辛《つら》い」とかは、こういう状態のことを言うんだったか？

何でもいいや。今のこの気持ちに、名前なんてつけなくてもいい。そう思った。これが「哀しい」とか「辛い」とかだと決めてしまったら、俺はまたいつものように、そういうこともあるんだ、とやり過ごしてしまう。

玄関で物音がした。園が帰って来たのだろう。俺は振り返らなかった。

「散らかってるけど、どうぞ」

園の声がした。「お隣さん」も一緒らしい。吸収シートが敷き詰めてあることと、ハルの死体が転がっていることを除けば、この部屋はまったく散らかってなんかいない。

「ただいま」

園が言った。園の後ろの人物は、意外なことに男だった。俺と同じぐらいの年だろうか。手に、焼き場の場所をプリントしてくれたのか、丸めた紙を持っている。

「弟」

園が俺を顎《あご》で指して、短く彼に告げる。

「隣の小川君」

軽く彼に手を向けて、今度は俺にそう言う。

俺は彼に軽く頭を下げた。座ったままは失礼かとも思ったが、立ち上がる気力がなかった。

腰を下ろしかけた園の、ゆるくまとめていた半乾きの髪が一束落ちた。

「姉ちゃん、パジャマ」

俺は慌てて言った。その青いチェックのパジャマの下にはブラジャーを多分着けていない。落ちた髪が、胸の辺りで揺れたので気になった。

「ああ」

園はそう言って、立ち上がってクローゼットに向かった。ハルに目線を戻しかけていた俺は、園の開けたクローゼットに目を見張った。

一瞬だけ見えたクローゼットの中には、びっしりと服が並んでいたが、見間違いじゃなければ、右から左へ、赤い色から青い色へとグラデーションになっていた。

俺の姉はやっぱり変わり者だ。完璧《かんぺき》主義にも程がある。

園が洗面所で着替えている間、俺は「小川君」と二人になった。

「座ってください」

そう言うと、「ああ、どうも」と言って、小川君は遠慮がちに俺の隣に座った。

「……何歳だったんですか？」

ハルを見て、小川君が言う。

「十四歳……です」

俺は答えた。

「そうですか……」

妙な間が流れる。俺は、いつもならこういう時、気を遣って話したりできるヤツなのだが、今日は何も浮かばない。小川君に申し訳ないと思いつつ、俺はじっと黙っていた。

ふと、この人は園の何なのだろう？　と考えた。もしかしたら、彼氏だったりするのだろうか。小川君が男だったから、園に着替えろと言ってしまったが、ひょっとしたら園のああいう姿をこの人は見慣れていたりするのだろうか。そうだとしたら、さっきの俺の心配は、ものすごくバカバカしいことだったりして。

でも、まあ何でもいいや。またそう思った。俺はハルを眺め続けた。

ハルは死んだのだ。ハルは死んだのだ。ハルは死んだのだ。頭の中を、そればっかりがリフレインした。

園が、赤いパーカーにジーンズという姿で戻って来た。小川君の隣に座る。よく見たら小川君も、青いパーカーにジーンズという、園とセットみたいな格好をしていた。

外から唸《うな》るような音が聞こえて来た。忍の車だ。

「ハルを拾った公園に埋めよう」という忍の提案で、俺と忍と園と小川君は、ハルの死体を抱えて、小川君の車に乗り込んだ。

「こんな大きな子、埋められるわけない」園は最後までそう言っていたが、「俺が頑張って穴掘りますよ」と言う忍の言葉と、「俺も手伝いますよ」と言う小川君の言葉に、園は困った顔をして「行は？　どうしたい？」と、俺に決断を委《ゆだ》ねた。

俺は正直どうでもよかった。あれほど子供の頃にかわいがったハルなのに、あれほど毎日介護をしたハルなのに、そのハルの死んだ体をどうするか、は大した問題ではない気がした。というか、どうしたいとか、どうするべきだとか、頭が回らなかったのかもしれない。

ただ、ハルを拾ってきた公園に、ハルを拾った俺と園が還《かえ》してあげる。その考えを思い付いた時の忍の、「お、ちょっとこの考えはいいかもしれない」と思っていただろう少し得意げな顔を裏切りたくなかった。園とどういう関係なのかは知らないが、こんな夜中に見ず知らずの人間と、老犬の死体を埋める、というわけのわかんない行為に付き合ってくれるという、小川君の好意なんだかなんなんだか、とにかくその申し出を断る気にもなれなくて、忍に従うことにした。

小川君の車が六人乗りのワゴンタイプだったので、騒音がすごい忍の車を小川君の駐車場に置かせてもらって、出発した。運転手はもちろん小川君で、埼玉の俺の家の近くの公園までのナビとして、忍が助手席に座った。俺と園は後部座席に座って、園がバスタオルにくるんだハルを、膝《ひざ》の上に乗せた。

途中で園が、「重いから代わって」と、ハルを俺に渡した。ちゃんと、「行にも抱かせてやりたい」と正直に言え。そう思いながら、俺はひねくれ者でもある姉から、ハルを受け取った。ハルの体は思ったよりも重かった。

初めはみんなが無言だったが、そのうちに忍と小川君が、かかっている音楽の話をきっかけに、少しずつ会話をしだした。

この二人、さっきまで赤の他人だったのにな。いや、今でも赤の他人か？　そう思うと少し笑えて、最初は上の空だった俺も、だんだん二人の会話に参加しないまでも、耳を傾けるようになってきた。二人が面白いことを言った時には、ちゃんと笑った。そっと隣を見ると、園も声は出さないが、笑っていた。

公園の脇《わき》の道路に車を横付けにした。

「あの辺かな。芝生は掘れないし、あっちの方行くと、今時の元気なヤツらいそうだしな」

忍が植え込みの辺りを指差す。おまえも充分見た目は「今時の元気なヤツ」だろ、と思ったが言わなかった。

「手じゃ無理だと思うよ。なんか道具がないと」

園はまだ穴が掘れるかを心配している。

「公園だから、なんか棒とか転がってるでしょ。それで掘れば……」

小川君が言う。

「家帰ってもスコップなんてないよな、行。でもまあ、なんとかなるだろ。土なんて軟らかいし」

小川君と忍はすっかり張りきっている。ちょっと楽しんでいるようにも見えたが、悪い気はしなかった。

ただちょっと、二人のテンションについていける気がしなくて俺は戸惑っていた。

「行とお姉さんは待っててください。行病人だし」

忍が言って、小川君と二人で車を降りた。俺と園は顔を見合わせた。

「……私は行くよ」

園が忍に言う。

「……水原さん痩《や》せてるし、ちょっと無理があるかなあと思いますよ」

小川君が言う。

「俺達二人でやりますよ。ハルと最後のお別れしててください」

忍はそう言って笑って、俺の頭をポンポン、と叩《たた》いた。俺は何も言えなかった。

二人になった車内で、園がふうっと溜息《ためいき》をついた。俺はハルを膝から降ろして、俺と園の間にそっと寝かせた。

頭に、忍の手の感触が何だかいつまでも残っていた。「ハルと最後のお別れをしろ」と言った後の忍の顔。ちょっと得意気だった。あいつのことだ。「俺、ちょっといいこと言ったぞ」とでも思ったんだろう。

「あの二人ちょっと楽しんでるよね？」

お互いしばらく黙っていたが、園が苦笑いしながらそう言った。

「ん。……あのお隣さんは仲いいの？　近所付き合いしてるなんて意外だった」

「ん。ちょっとだけね」

園は前を向いたまま言う。ノーメイクでメガネの園は、何だかいつもより老けて、というか、大人に見えた。かなりの童顔なのだけど、でもやっぱりそれなりに年を取ったのだろうか。クラスの女の子達とは違う。

「……ちゃんと受け止めて、その後立ち上がるんだよ。ごまかして何にもなかったことにしないで」

「……え？」

「あんたはすぐ気持ちごまかすから。何かあっても、ホントは落ち込んだりしてても、何にもない、大したことじゃない、って自分で暗示かけてごまかしてやり過ごすでしょう？　別にそれが悪いわけじゃないけど、ハルにはそれじゃ失礼だよ。あんたの成長、横でずっと見ててくれたんだから」

ああ、泣くかも、と思った。久しぶりに園に上から物を言われた。やっぱりこいつは姉なんだ。俺よりも四年長く生きているのだ。

泣くかも、と思っただけで、涙は出ては来なかった。無意識に止めてしまったのかもしれない。俺は泣かなかった。

でもそれでいい気がした。泣くかもしれない。そう思ったことが大事だと思った。

「……ハルってそういえば、仮の名前だったんだよね」

園の横顔に言った。

「うん。だからフルネームは、佐々ハル（仮）」

二人でちょっと笑った。

三十分ぐらい経って、忍と小川君が申し訳なさそうな顔をして戻ってきた。スニーカーと指先に、暗くてよく見えないが、泥がついている。

「えーと……、お姉さんの言う通りでした。すみません。ハルが入るぐらいの穴はちょっと無理かも……」

忍が本当にうなだれて言う。俺は悪いと思いつつ、声を出さずに笑った。がっかりしている忍が子供みたいでかわいかった。園もやっぱり、声を出さずに笑っていた。

結局、明日の朝、園が母親に車を出してもらって、焼き場に連れて行くことになった。仕事を何とか休んでくれると言う。俺も、病院に連絡すれば帰る時間を延ばしてくれそうな気もしたが、「病状が悪化したら大変だからダメ」と、また園に姉の口調で言われた。

帰りの車で、忍は落ち込みまくっていた。

「結局何にもできなくて、ほんとすみません」

そう言う忍の隣で、小川君が言った。

「でも、ちょっと楽しかったかも」

言ってから、大慌てで弁解した。

「あ、すみません。その子が死んじゃったのに楽しいって……。ごめんなさい」

「ううん」

俺と園は同時に言った。

園のアパートの前で車を停《と》めて、またハルを運びだした。廊下を先頭で歩いていた忍が、「あっ」と声をあげる。

園の部屋の前にうずくまっている人影があった。恭ちゃんだった。

「……どこ行ってたの？」

恭ちゃんはゆっくり立ち上がって、疲れた顔で言った。

「……何で？　どうしたの？」

園が聞く。忍が俺の袖《そで》をチョイチョイと引っ張って、「窪田さん家《ち》の人だよね」と小声で聞いた。

「……行と別れた後、友達と会って、この近くで飲んでたんだけど……。ちょっとお前らとハルの顔見て帰ろうかと思って寄ってみたら、こんな時間に二人ともいないし……。ケータイ二人とも全然通じないし。……園、この間の話もあったから、何かあったかなって不安で」

ちょっと不機嫌な顔をして、恭ちゃんは話した。

「……そっか、ごめんね。実はハルが死んで」

俺は抱えていたハルを見せた。

「え？　死んだの……？」

「うん。で、みんなに協力してもらって、埋めに行ってたの。そう言えば私も行もケータイ置いてっちゃってたわ。ごめんね、心配かけて」

今度は園が言う。

「……埋めてないじゃん」

恭ちゃんはぼそっと言った。

「……埋めようとしたけど失敗しちゃって」

俺は言った。

「……そっか。ハル死んだんだ。俺、最後に遊んだのいつだろう」

恭ちゃんはハルを覗《のぞ》き込んで、少し目を細めた。ありがとう。俺は心の中でお礼を言った。今日の出来事から想像すると、犬の死体なんか見たくないだろうに、恭ちゃんはハルを見て、手も合わせてくれた。

「どうしよう？　とりあえずみんな上がってって」

園が珍しくちょっと焦っている。

「……いや、いい。無事なのわかったから帰る」

「でも、もう電車ないよ。……帰るって、実家？　自宅？」

「……自宅」

「あの……小川君、悪いけど」

園が小川君を振り返った。

「あ、送ります」

小川君はわけがわからないだろうに、そう言ってくれた。恭ちゃんは困った顔をして言った。

「……いや。タクシー拾うし」

俺は忍に目配せした。

「あ、俺が送りますよ」

忍が言ってくれた。

「あ……、でもあの車はちょっと朝まで発進させたくないから……」

園が困った顔で言う。忍はまたちょっと落ち込んだ顔をした。

結局話し合いの末、小川君の車で全員で恭ちゃんを送って、その後園の家に戻って来て、朝になったら忍の車で俺は病院に送ってもらうことになった。

恭ちゃんは居心地悪そうに、誰かもわからない小川君の車の助手席に乗り込んだ。小川君も誰かわからない恭ちゃんを助手席に乗せて、運転をする。

後部座席には、忍と俺と園。俺と園の間に、またハルを寝かせた。

何なんだ、このメンバーは。今度は俺と忍が、妙な沈黙が流れないように、必死でどうでもいい話をした。恭ちゃんと小川君は、俺達の気遣いをわかってくれたようで、申し訳程度にたまに話に入ってくれた。

園だけは、頭をガラス窓にもたれさせて、とろんとしていた。眠いのだろうか。一言も話さない。俺は腹が立った。唯一この面子《メンツ》を全員知っているのは園なのだ。お前がこの空気を何とかしろよ、おい。

さっきの恭ちゃんのセリフが気になった。「この間の話もあったから」だから、部屋の前で俺達を待っていた、と。この間の話って何だ？　大体ケータイが通じなかったぐらいで、こんな深夜にアパートの前で待っているだろうか？　また真奈美の言葉を思い出す。何度もキスをしていた、という恭ちゃんと園。俺のわからない何かがやっぱりこの二人にはあるのだろうか？

恭ちゃんのアパートの前に着いた時、園は完全に目を閉じていた。俺は園の頭をペシッと叩いてやった。

「ここの二階」

「痛っ」

恭ちゃんと園の声がかぶった。「どーもありがとう」恭ちゃんはそう言って、小川君に頭を下げる。

「恭ちゃん帰るから、心配して来てくれたんだからちゃんとお礼言えよ。ほら」

目を開けた園に、俺は言った。

「いいよいいよ。寝かせといてやって」

恭ちゃんは苦笑いしながら、車を降りた。助手席をぐるっとまわって、園のドアの前に来て、窓越しに笑って手を振る。園は窓を開けた。

「バイバイ」

やけにはっきりした発音で園は言った。

「ああ、バイバイ。おやすみ」

恭ちゃんは、さっき忍が俺にしたように、園の頭をポンポンとした。小さい子にするような顔だった。園はその手を自分の手で摑《つか》んで、頭から放した。恭ちゃんが少し驚いた顔をする。

「バイバイ恭ちゃん」

恭ちゃんの手を摑んだまま、園はまた言った。

「……ん？　バイバイ」

恭ちゃんは不思議そうにしながらも、笑顔で言う。園が恭ちゃんの手を放した。

「バイバイ」

また言った。恭ちゃんは、急に神妙な顔になって、低い声で言った。

「……ああ、バイバイ」

恭ちゃんが後ろ姿で去って行った。園は前に向き直って、シートに深く倒れ込んだ。泣くのかも。なぜか俺はそう思った。どうしてだろう？　わからないけれど、園が泣く気がした。

でも園は涙を流さなかった。少しだけ唇を嚙《か》んだ。でも泣かなかった。

「……行っていいですか？」

奇妙な雰囲気に、小川君が遠慮がちに言った。

「あ……、はい。お願いします」

俺は言った。

園と俺の間には、生きものじゃなくなったハルがいる。車が揺れると、その体は少しだけ揺れた。

「……えーと、あの人は誰だったんですか？」

小川君が誰に、ということもなく聞いた。

「俺とコイツの家のお隣さん。あの人の実家が、俺らん家《ち》の隣なの」

忍が言った。

「あー、そうなんですか？　じゃあ今日はみんなお隣さんですね。俺も水原さんのお隣さんだし」

「ホントだ」

小川君の言葉に、忍はちょっと笑った。俺も笑った。園も少しだけ笑った。

＊

ハルを拾った時、公園の向こうの空き地で菜の花が咲いていた記憶があって、黄色いシャツを着た。

そう言えば昨日の公園の向こうには、菜の花は咲いていただろうか？　覚えがなかった。夜だったからよくわからないが、十四年も経っている。あの辺りも変わったかもしれない。空き地自体なくなっていたのかもしれない。

私が準備を終えたと同時に、チャイムが鳴った。時間ぴったりだ。返事をして、玄関を開けた。

母親の後ろに父親が立っていた。驚いた。

「……どうしたの？」

聞くと母親が答えた。

「ハルが死んだから焼きに行くって連絡したら、来てくれたの。いいでしょ？」

にっこり笑って、私に嫌だと言わせないよう威圧する。もう来てしまったのに、帰ってくれ、と駄々をこねるほど子供ではない。「うん」と答えて靴を履いて、ハルをバスタオルごと抱えた。

「持とうか」

父親が低く言う。

「ううん。いい。持たせて」

私は言った。

父親の車だった。子供の頃よく乗った車だ。当時は新車だったけれど、いい加減外から見てもぼろくなっていた。

父親が運転席に、母親が助手席に座る。私は後部座席にハルを抱いて座る。父親に、昨日小川君がプリントしてくれた、焼き場までの地図を渡す。

ハルを焼いてもらう料金は、六百円だった。

「ある程度の数集まったら焼くんだって。他のワンコやニャンコと一緒に焼いてもらえるのね。淋《さび》しくなくてよかったじゃない」

母親が言った。

受付で料金を払った。ハルを預けて、その場を後にする。建物の窓から、さっき車を停めた駐車場と反対側に空き地が見えた。

菜の花が咲いていた。

「前もこうやって二人でワンコ焼きにきたわねえ」

隣を歩いていた母親が、父親に言う。

「ああ、そうだなあ」

父親が言う。

「前って……？」

「ん？　結婚してすぐの頃。園がまだ産まれてない頃。飼ってた犬が死んだの」

母親が言う。

「犬飼ってたの？　初耳なんだけど」

「すぐ死んじゃったのよ。病気で。半年ぐらいで」

「……どんな犬？」

「ハルと同じだな。柴犬《しばいぬ》みたいな雑種。ハルよりちょっと小さかったけど」

今度は父親が答えた。

「名前は？」

二人が顔を見合わせる。

「えーと……ボケ」

母親が言いにくそうに言った。

「はあ？　何それ、何でそんな名前？」

変な声を出してしまった。

「いい名前をつけてあげようとしたんだけどねえ。考えすぎて決まらなくって……」

「それでボケ？」

「……だってボケッとした顔してたんだもん。アンタと行だって、春に拾ったからハルって単純じゃない」

母親は笑う。つられてか、父親も笑っていた。

「私と行の名前さあ、今じゃ全然だろうけど、私たちの世代にしたら結構変わった名前なんだけど。なんかそれも特に理由なく適当につけたの？」

私は呆《あき》れながら聞いた。

「名前なんて適当につけてやるもんだ」

父親が少し笑って言った。

＊

人の気配で目が覚めた。俺のベッドの足のあたりに、女の人が立っている。びっくりして、起き上がった。

「すみません」

女の人が申し訳なさそうに小さくなった。誰だっけ？　知っている人だ。

「あの、隣の宮本は……、退院したんでしょうか？」

おずおずといった感じで、女の人は俺に尋ねた。ああ、そうだ。宮本さんの所に来ていた女の人だ。あの、出て行った人。

「はい。三日ぐらい前に……」

俺が言うと、「そうですか」と彼女は呟いて、「すみませんでした」と言って、病室をパタパタと出て行った。

俺は大きく伸びをした。

昨日の疲れが残っていたのだろう。熟睡した。めずらしく夢も見なかった。

時計を見た。もう夕方らしい。

隣のベッドの方に行き、窓から外を見た。

西日が嘘《うそ》みたいな茜色《あかねいろ》だ。

駐車場を、さっきの女の人が歩いている。姿勢のいい人だ。一歩一歩踏みしめるように歩いている。

ロータリーの桜は、もうすっかり散ってしまっている。もうすぐ花粉症の季節も終わる。

退院したら、ハルのいないあの部屋に帰るんだな、と思った。

最初に学校に行ったら、なっちゃんに何て言おうか。何か気の利いたことを言って、キメてやりたい。

自分のベッドに戻った。

棚に何か置いてある。西日にやられた目を凝らした。

菜の花が一輪と、その下にノートの切れ端。

何か書いてある。園の神経質な字だ。

『ハル、無事焼き場に連れて行きました。隣の空き地に、菜の花が咲いていました』

はあっと溜息をついた。
俺が吐いた幸せで、菜の花は少し揺れた。

解説

片野ゆか（ノンフィクションライター）

私は一日のかなりの時間、犬のことを考えて暮らしています。

今、仕事をしている机の横には座布団が三枚重ねて置いてあって、そこは日中、愛犬にとっての定位置になっています。ミニチュアダックスフントの彼は、あと数ヶ月もしたら十六歳になる高齢犬。健康診断では異常なしといわれるものの、寄る年波には勝てず、座布団にあがるのにちょっと難儀している様子。足腰に負担をかけてはいけないと、座布団を一枚はずしたところ「なんてことするワン！」と横目で睨《にら》まれてしまいました。愛犬のことを考えたつもりが、思わぬ失態です。それを補おうと、今度は座布団を四枚にすると「おお、いいじゃないか！」とよじ登り、満足そうに鼻息をムフーと吐き出しました。

愛犬のご機嫌が直って、ひと安心。ようやく仕事にもどると、そこでもたくさんの犬が待っています。

私が書いているのは、ノンフィクションのなかでも主に犬にまつわること。それは、アジア各地の旅先で出会った犬たち（彼らのことをアジアの犬＝アジワンと、私は呼んでいます）の生態観察だったり、忠犬ハチ公や西郷さんの犬、条件反射で知られるパブロフの犬など、有名だけれど詳しいことについては、ほとんど謎に包まれている犬たちの尻尾を追いかけることだったりします。

また華やかなペットブームのなかで、その犠牲になったり、飼い主から見捨てられてしまう犬たちがいることも無視できないテーマ。そんな不幸な犬たちを救おうと、動物愛護活動にたずさわる人々のリポートもしています。

どちらを向いても犬だらけ。また、それが無上の喜びだったりもする。こんな犬にどっぷり浸かった日々なのに、さらに犬はいないかと目を光らせるあまり、「大」という字を「犬」と読み間違えることなんか日常茶飯事。「犬感謝セール……。私がお仕事できるのも、犬がいるおかげだよ。ホント、犬には感謝だよね〜」なんて、スーパーの店頭でつぶやいていたりするのです。犬血中濃度というものがあるとしたら、胸をはって高濃度です！　と、いいたい。犬バカノンフィクションライターを自称する私なのです。

そんなわけなので、この飛鳥井千砂さんが書いた『はるがいったら』の設定には、グググーッと引き込まれてしまいました。

主人公は、デパートで働く姉の園《その》と、その弟で高校生の行《ゆき》。九年前に両親が離婚して以来、ふたりは別々に暮らしています。母親についた園は、今はアパートで一人暮らし。父親についた行が住むのは、義母、一歳違いの義兄がいる複雑な環境の家。仲がいいけれど、ふたりはある意味で対象的です。園は、日々の生活からファッションコーディネイト、体型管理、食事内容にいたるまで、すべてにおいて妥協を許さないタイプ。周囲も呆《あき》れるほどの完璧主義者です。一方、行は、子どもの頃から病弱で、それは今になってもイマイチ克服できず、高校は一年留年。自分の体が思い通りにならないことを受け止め続けてきたせいか、何がおこっても「大したことない」と考える癖がついています。

物語では、そんな彼らが、日々の出来事にからむ事件、出会いや別れを体験しながら、これまでに気づかなかった自分を発見していく様子が丹念に描かれます。

そのなかで重要な位置を占めているのが、ハルという老犬です。ハルは、園と行が、幼い頃に菜の花が咲く公園で拾った犬。日本犬系の雑種で、十四歳になった今は、自分の力で体を起こして向きを変えることも、水を飲むことも、ゴハンを食べることもできません。一日の大半をまどろみのなかで過ごしている、重度の要介護犬です。ハルの世話をしているのは、弟の行。物語のはじめのほうで、「ワンコの介護」を日課にしている行が、ハルの世話をするシーンが出てきます。

ハルを起こし、自分は正座をして、ハルの上体を自分の膝の上に抱きかかえ、水をやる。この時、情けないが俺はパジャマの上だけ着ていて、下はパンツ一丁の状態だ。そうしないとズボンが濡れてしまうのだ。

犬は水を飲むとき、舌先をスプーンのようにして喉の奥へと押しこみます。だからピチャピチャと派手な音がするわけですが、そのわりに効率はイマイチで、器やまわりにこぼれ落ちてしまう水も多い。健康な犬でもそうなのだから、まして、頭をささえられて水を飲む要介護犬はなおさら。服が濡れるから……、というのはワンコの介護シーンとしてかなりリアルです。

著者の飛鳥井さんは、たぶん犬を飼ったことがある。さらに、行と同様の経験があるのでは？　それが確信に変わったのは、行が肺炎で入院することになって、ハルの世話が園にバトンタッチされるところでした。

病室で行は、九年ぶりに愛犬の世話をする姉に、介護についての注意点をこまかく伝えます。

水やエサの与え方。床ずれができないように、一日に何度か体の向きをかえてあげなければならないこと。排泄は、吸収シートをしきつめた上に体を横たえたまます
る。犬用のおむつは、いくつもためしたけれど、どれも役に立たない。その理由として、

「言いずるとずれてしまったり、痩せすぎているので体にフィットしなかったり」と、行は説明します。

これは、私がこれまでに訪れた動物愛護団体、個人的に保護活動をしている人々のところで出会った、数多い老犬や病犬そのままの姿なのです。

犬というのは、ほとんどが後ろ肢から弱ってくる。それでもしばらくは、人間が下半身をささえてあげれば（ここ数年は、そのための犬用介護グッズも売られています）、散歩も排泄も従来どおりすることができます。でも、それも時間の問題。やがて、まったく立ち上がることができなくなると、足や腰の筋肉は、みるみる衰えてしまいます。もともと脂肪の多いところではないので、骨と皮の状態になるのも早い。よって、ワンコの介護でオムツが使えるのは、ほんとうにごく一時期なのです。

世のなかには、あろうことか病気になったり、年老いた飼い犬を捨ててしまう人がいます。取材をするまでは、本当にそんな人がいるのだろうか、どうしてそんなことをするのだろうと思っていたのですが、その理由は意外なほど単純でした。治療費がかかる、手間がかかる、汚くて臭い、カワイクなくなった、など……。そんな輩《やから》には跳び蹴りでもくらわせてやるべきだ！　と常々思っている私にとって、学校帰りにお財布をのぞきこみながら介護グッズを買いに薬局に通う行、そして「最後に少しくらい面倒みたいの」とサラリといって、アパートの部屋に吸収シートを敷き詰める園の、なんと輝いて見えることでしょう！

そんな園と行ですが、物語のなかでは、ものすごく不幸ではないけれど、今ひとつ幸せと遠い感じのところに身を置いています。特にもどかしいというか、ちょっと納得がいかないのが、行と同級生の夏美の関係。「ゆきちゃん」「なっちゃん」と呼びあうふたりは、クラスで誰よりも話が合って、一緒にいて楽しくて、お互いに異性を意識しない……、ということになっているけれど、行のほうは、初めてなっちゃんと気まずい雰囲気になったとき、あらためて自分が男として意識されていないことに、けっこうガックリしてしまう。そして、なっちゃんは、どうやら今のところ、行を男として意識していません。

どうして夏美は、行に異性を感じないのか？

理由はいろいろあるけれど、その一部はワンコの介護と深く関係しているから、と思うのです。それは、実際にそういった若い男子を何人も目撃しているから。

今から一年ほど前、私は、大学の部活として動物愛護活動をする学生たちと出会いました。そして現在、その活動ルポを書くために、彼らのもとを定期的に訪れるということを続けています。サークル活動の中心は、公園や空き地に捨てられたり、放浪している犬や猫を自分のアパートに連れ帰り、世話をして新しい飼い主をさがすというもの。保護されるのは、健康な動物ばかりではありません。まだ目も開かない生後数日の子犬や子猫、栄養失調の迷い犬、怪我や病気に苦しむ猫など——。ここで助けなければ、今晩にも命をおとしてしまうだろうというケースも少なくありません。

そうした動物たちの世話をしているときの部員たちは、女子学生、男子学生にかかわらず〈お母さん光線〉を発します。これは、もしかしたらギャップの問題なのかもしれないけれど、なぜか男子学生のほうが発する光線がより強力に感じられる。彼らは、女っぽいわけでも、まして、オバサンっぽいわけでもありません。面構えは悪くないし、体格だって男性そのもの。むしろ、男としてじゅうぶん魅力的だったりします。しかし、動物たちの世話をしているとき、私は「あ、お母さん」と思うのです。行が異性として意識されないのは、夏美の前でもきっと、この顔をしているからなのでしょう。でも、それは、本当は、命を守れる大人の顔。そんじょそこらの若者にはできない、いってみればワンランク上の男の顔なのです。だから、私は、夏美にいいたい。行は、ものすごくカッコイイ男なのだよ！ と。こんなイイ男を目の前にして、自分のことばかりに夢中になっている夏美を見ると、もう、ヤキモキしちゃいます。それでも頭のいい彼女のこと、それに気づく日が遠くないことを期待してやまないのです。

そして、老犬ハルはどうなるのか？ それはタイトルが示すとおりなのですが、そこからラストにかけて、登場人物が集っていくシーンにも多大なる〝ワンコパワー〟

を感じました。どうやってもある種の思惑がからむ人間の死と違い、そこには、もっと死というものに素《す》のままでふれるような、そんな空気が流れます。

突然訪れた、最期のとき。けれどそれは、すでに予想していたことでもあって、静かなのに、なぜか賑《にぎ》やかで、ちょっと常軌を逸していて、今、ひとつの命が燃えつきたことが、シンシンと伝わってくるのです。

ここにある死は、けっして不幸なものではありません。

園と行の子ども時代をいつもそばで見守っていたハル。そのハルを生涯、大切に大切に世話した姉弟。ちょっと大人になった彼らに「キミたちのような若者に出会えて、ワタシは嬉しい！」といわずにはいられないのです。

第十八回小説すばる新人賞受賞作

この作品は二〇〇六年一月、集英社より刊行されました。

集英社文庫　目録（日本文学）

浅田次郎　プリズンホテル　3　冬
浅田次郎　プリズンホテル　4　春
浅田次郎　天切り松　闇がたり　第一巻　闇の花道
浅田次郎　天切り松　闇がたり　第二巻　残俠
浅田次郎　天切り松　闇がたり　第三巻　初湯千両
浅田次郎　活動寫眞の女
浅田次郎　王妃の館(上)(下)
浅田次郎　オー・マイ・ガアッ！
浅田次郎　サイマー！
浅田次郎・監修　天切り松読本
浅田次郎　天切り松　闇がたり　第四巻　昭和俠盗伝
阿佐田哲也　無芸大食大睡眠
阿佐田哲也　阿佐田哲也の怪しい交遊録
浅利佳一郎　はばかりながら
飛鳥井千砂　はるがいったら
安達千夏　あなたがほしい　je te veux

安達千夏　おはなしの日
阿刀田高　小説家の休日
阿刀田高　私のギリシャ神話
阿刀田高　ものがたり風土記《ふうどき》
阿刀田高　続ものがたり風土記《ふうどき》
阿刀田高　遠い迷宮　阿刀田高傑作短編集
阿刀田高　黒い回廊　阿刀田高傑作短編集
阿刀田高　白い魔術師　阿刀田高傑作短編集
阿刀田高　青い罠　阿刀田高傑作短編集
阿刀田高　甘い闇　阿刀田高傑作短編集
我孫子武丸　たけまる文庫　怪の巻
我孫子武丸　たけまる文庫　謎の巻
我孫子武丸　少年たちの四季
我孫子武丸　田中啓文　牧野修　三人のゴーストハンター　国枝特殊警備ファイル
安部龍太郎　風の如く　水の如く
安部龍太郎　海神《わだつみ》

安部龍太郎　生きて候(上)(下)
甘糟幸子　楽園後刻
甘糟りり子　思春期ブス
綾辻行人　眼球綺譚
綾辻行人　セッション　――綾辻行人対談集
新井素子　チグリスとユーフラテス(上)(下)
嵐山光三郎　日本詣で　ニッポンもうで
荒俣宏　異都発掘
荒俣宏　日本妖怪巡礼団
荒俣宏　怪物の友
荒俣宏　風水先生
荒俣宏　黄金伝説
荒俣宏　増補版　図鑑の博物誌
荒俣宏　神秘学マニア
荒俣宏　南方に死す
荒俣宏　日本仰天起源

集英社文庫　目録（日本文学）

荒俣宏　漫画と人生
荒俣宏　短編小説集
荒俣宏　コンパクト版本朝幻想文学縁起
荒俣宏　怪奇の国ニッポン
荒俣宏　商神の教え
荒俣宏　ブックライフ自由自在
荒俣宏　白樺記
荒俣宏　風水先生レイラインを行く
荒俣宏　バッドテイスト
荒俣宏　エロトポリス
荒俣宏　神の物々交換
荒俣宏　図像学入門
荒俣宏　エキセントリック
荒俣宏　レックス・ムンディ
有島武郎　生れ出づる悩み
有吉佐和子　仮縫

安藤優子　あの娘は英語がしゃべれない！
家田荘子　その愛でいいの？
家田荘子　愛していればいいの？
家田荘子　愛は変わるの？
家田荘子　信じることからはじまる愛
井形慶子　運命をかえる言葉の力
井形慶子　英国式スピリチュアルな暮らし方
井形慶子　イギリス人の格　「今日できること」からはじめる生き方
池内紀　ゲーテさん　こんばんは
池内紀　作家の生きかた
池内紀　二列目の人生　隠れた異才たち
池上彰　これが「週刊こどもニュース」だ
池上彰　そうだったのか！　現代史
池上彰　そうだったのか！　現代史　パート2
池上彰　そうだったのか！　日本現代史
池上彰　そうだったのか！　アメリカ

池澤夏樹　写真・芝田満之　カイマナヒラの家
池澤夏樹　憲法なんて知らないよ
池澤夏樹　パレオマニア　大英博物館からの13の旅
池田理代子　ベルサイユのばら全五巻
池田理代子　オルフェウスの窓全九巻
池永陽　走るジイサン
池永陽　ひらひら
池永陽　コンビニ・ララバイ
池永陽　そして君の声が響く
池永陽　ゆらゆら橋から
池永陽　でいごの花の下に
池波正太郎　スパイ武士道
池波正太郎　青空の街
池波正太郎　天城峠
池波正太郎・選　日本ペンクラブ編　捕物小説名作選　一
池波正太郎・選　日本ペンクラブ編　捕物小説名作選　二

集英社文庫　目録（日本文学）

池波正太郎　幕末遊撃隊
伊坂幸太郎　終末のフール
石和鷹　レストラン喝采亭
石和鷹　いきもの抄
石川恭三　医者の目に涙
石川恭三　健康ちょっといい話
石川恭三　続・健康ちょっといい話
石川恭三　心に残る患者の話
石川恭三　医者の目に涙　ふたたび
石川恭三　生涯青春！をめざす　35歳から考える　医師からの提案　定年の身じたく
石川恭三　女の体を守る本
石川恭三　生へのアンコール
石川恭三　医者が見つめた老いを生きるということ
石川恭三　医者いらずの本
石川恭三　定年ちょっといい話　閑中忙あり
石川恭三　健康とてもいい話　見たり聞いたり試したり
石川恭三　医者と患者の「対話力」
石川恭三　いのちの分水嶺　その時、運命が決まった
石川淳　狂風記(上)(下)
石倉昇　ヒカルの碁勝利学
石田衣良　エンジェル
石田衣良　娼《しょう》年《ねん》
石田衣良　スローグッドバイ
石田衣良　1ポンドの悲しみ
石田衣良　愛がいない部屋
石田衣良　空は、今日も、青いか？
石田雄太　桑田真澄　ピッチャーズ　バイブル
石田雄太　イチローイズム
伊集院静　むかい風
伊集院静　機関車先生
伊集院静　空の画廊
泉鏡花　高《こう》野《や》聖《ひじり》
磯淵猛　紅茶　おいしくなる話
磯淵猛　紅茶のある食卓
一条ゆかり　実戦！恋愛倶楽部
五木寛之　風に吹かれて
五木寛之　地図のない旅
五木寛之　男が女をみつめる時
五木寛之　哀愁のパルティータ
五木寛之　燃える秋
五木寛之　凍河(上)(下)
五木寛之　奇妙な味の物語
五木寛之　星のバザール
五木寛之　こころ・と・からだ
五木寛之　雨の日には車をみがいて
五木寛之　ちいさな物みつけた
五木寛之　改訂新版　第一章　四季・奈津子
五木寛之　改訂新版　第二章　四季・波留子

集英社文庫　目録（日本文学）

五木寛之　改訂新版　第三章　四季・布由子
五木寛之　不安の力
伊藤左千夫　野菊の墓
井上篤夫　追憶マリリン・モンロー
井上荒野　森のなかのママ
井上荒野　ベーコン
井上㊕みどり　ニッポンの子育て
井上ひさし　化粧
井上ひさし　ある八重子物語
井上ひさし　わが人生の時刻表　自選ユーモアエッセイ1
井上ひさし　日本語は七通りの虹の色　自選ユーモアエッセイ2
井上ひさし　吾輩はなめ猫である　自選ユーモアエッセイ3
井上宏生　スパイス物語
井上夢人　あくむ
井上夢人　パワー・オフ
井上夢人　風が吹いたら桶屋がもうかる

井上夢人　the TEAM ザ・チーム
井原美紀　リコン日記。
今邑彩　よもつひらさか
今邑彩　いつもの朝に(上)(下)
岩井志麻子　邪悪な花鳥風月
岩井志麻子　悦びの流刑地
岩井志麻子　偽《ウェイ》偽《ウェイ》満《マン》州《ジョウ》
岩井志麻子　瞽《ご》女《ぜ》の啼く家
宇江佐真理　深川恋物語
宇江佐真理　斬られ権佐
植田いつ子　布・ひと・出逢い
内田春菊　仔猫のスープ
内田康夫　浅見光彦を追え　ミステリアス信州
内田康夫　浅見光彦豪華客船「飛鳥」の名推理
内田康夫　軽井沢殺人事件
内田康夫　「萩原朔太郎」の亡霊

内田康夫　北国《ほっこく》街道殺人事件
内田康夫　浅見光彦　四つの事件　名探偵と巡る旅
内田康夫　浅見光彦　新たな事件　天河・琵琶湖・善光寺紀行
内田康夫　名探偵浅見光彦の　ニッポン不思議《ミステリアス》紀行
内館牧子　恋愛レッスン
宇野千代　生きていく願望
宇野千代　普段着の生きて行く私
宇野千代　行動することが生きることである
宇野千代　恋愛作法
宇野千代　私の作ったお惣菜
宇野千代　私の幸福論
宇野千代　幸福は幸福を呼ぶ
宇野千代　私の長生き料理
宇野千代　私何だか死なないような気がするんですよ
宇野千代　薄墨の桜
梅原猛　塔(上)(下)

集英社文庫　目録（日本文学）

集英社文庫

はるがいったら

2009年1月25日　第1刷
2009年6月6日　第2刷

定価はカバーに表示してあります。

著　者　飛鳥井千砂《あすかいちさ》
発行者　加藤　潤
発行所　株式会社 集英社
東京都千代田区一ツ橋2-5-10　〒101-8050
電話　03-3230-6095（編集）
03-3230-6393（販売）
03-3230-6080（読者係）
印　刷　凸版印刷株式会社
製　本　凸版印刷株式会社

フォーマットデザイン　アリヤマデザインストア　　マークデザイン　居山浩二

ISBN978-4-08-746393-4 C0193